理想の男の作り方

成宮ゆり

16767

角川ルビー文庫

JN264442

目次

口絵・本文イラスト／桜井りょう

ドラムの前に置かれたペットボトルの水が、音に共振《きょうしん》している。腹の底に響《ひび》く重低音。血管の中の血液も、あの水と一緒《いっしょ》に震《ふる》えているんだ。

ストロボライトがフラッシュする度にチカチカ弾《はじ》ける視界の中で、女にしては野太い声で叫《さけ》ぶボーカルがコマ送りされる。飛び散った汗《あせ》が、光の中でダイアモンドみたいに弾けて輝《かがや》く。

狭《せま》いスタジオの中で、周りと一緒に酔《よ》うのは気持ちがいい。

肩《かた》に誰《だれ》かの長い髪《かみ》がぶつかって、足を見知らぬ奴《やつ》に踏《ふ》まれる。だけどそんなの気にならないくらい揺《ゆ》れた。他人に触《ふ》れられるのは嫌《きら》いだが、今はもみくしゃにされるのが不快じゃない。それにたぶんお互《たが》い様だ。

パフォーマンスが凄いって話を開演前に誰かがしていた。ボーカルだけじゃなくてベースもドラムも、ライブをショーだと思ってる。唯一《ゆいいつ》ギターだけが淡々《たんたん》としていたが、それが逆に良かった。当然演奏にも手を抜《ぬ》かないから、自然とライブは盛り上がって、うまく酔える。

もっと体中揺れたい。頭の中をばらばらにして欲しくて、ステージを見上げる。

興奮して脱《ぬ》ぐ女の気持ちが分かった。三半規管が良い感じに狂《くる》っていく。他《ほか》の感覚が麻痺《まひ》して、音だけが脳の真ん中に届く。薬もアルコールも入ってないのに、腹の底が異常に熱くなる。

『きゃあっ』

だけど上手《うま》く思考がぼやけて来た頃《ころ》に、前列の女が高い悲鳴を上げる。

その声が聞こえたのは、ボーカルの声が消えたせいだ。先程《さきほど》までTシャツを濡《ぬ》らして汗だくで歌っていた女が、ステージの上に倒《たお》れていた。周囲にはガラスが飛び散っている。

途端《とたん》に演奏が中断する。何人かがボーカルの名前を呼び「誰がやったんだ」と犯人を捜《さが》す。

すると、フロアの後部にいた男達が「下手くそ」と嗤《わら》った。罵倒《ばとう》する言葉を続けて吐《は》きながら、彼らの一人が瓶《びん》をボーカルの横にいたギターの男に投げつける。

義勇心でも、正義感でもなく、折角摑《せっかくつか》みかけていた酩酊《めいてい》感を奪《うば》われた事に、単純に腹が立った。気付けば人垣《ひとがき》をくぐり抜けて、酒に酔っているそいつらを殴《なぐ》り飛ばしていた。

すぐに腹と背中を殴打《おうだ》される。恐《おそ》らく顔も。だけど興奮していたから、気にならなかった。

夢中で腕《うで》と足を動かしていると、振《ふ》り上げた手を背後から摑まれる。

『もう充分《じゅうぶん》です』

腕を摑む男にも殴りかかろうとして、その顔を見てはっとした。額から血を流していた男は先程のギターだった。前髪《まえがみ》の隙間《すきま》からは、冷静すぎる凪《な》いだ眼差《まなざ》しが静かに俺を見ていた。

視線を落とせばいつの間にか、男達は全員床《ゆか》の上に沈《しず》んで、怯《おび》えた目で俺を見上げている。

あんなに混《こ》み合っていたのに、俺達の周りだけ誰も居なかった。同心円上に感じる人の視線が俺を責めているようで、急に居たたまれなくなる。怯えた目は嫌いだった。折角音に酔って忘れかけていた嫌《いや》なことを思い出す。

男の手を払《はら》って、スタジオを出ようと背を向けた瞬間《しゅんかん》、トンと背中に何かがぶつかる。

振り返ると、俺と背中合わせにギターの男が立っていた。その向こうに沈めた筈《はず》の男がいる。

そいつは瓶を手にしていた。半分から先がない。割られた先端《せんたん》はギターの男の左手に吸い込まれていた。刺《さ》されたんだ、と理解するまでしばらく時間がかかったのは、あまりにもギターの男が冷静だったからだ。

『そっちも、気がすんだだろう？』

ギターの男はそう言うと、自分の掌《てのひら》に突《つ》き刺さった緑色の瓶を無感動な目で視つめ、再度俺に視線を向ける。その瞳《ひとみ》は俺を責めてはいなかった。だけど直視出来ずに踵《きびす》を返す。

階段を下りてホテル街を抜ける頃に、今更《いまさら》ながら殴った手と殴られた体が痛み出した。やりすぎたのは分かっている。けれどいつだって自分は加減が出来ない。

贔屓《ひいき》のバンドだったわけじゃない。たまたま前を通りかかったら開演時間で、暇《ひま》つぶしに当日券を買った。だからあいつらを殴ったのはバンドのためじゃなく、たがが外れた自分の暴走だ。その結果、酷《ひど》い怪我《けが》をさせた。恐らくあの手は今頃《いまごろ》血塗《ちまみ》れになっている。

急に呼吸が上手くできなくなった。喘《あえ》ぐようなそれを繰《く》り返しながら、咄嗟《とっさ》に逃《に》げた事を後悔《こうかい》した。

「清水先輩《しみずせんぱい》の言い分が事実なら、不当解雇《かいこ》で訴《うった》えることも可能ですよ」

もう何年も俺が片思いしている男は、相変わらず無表情で抑揚《よくよう》のない話し方をする。呼び方もずっと変わらない。俺がこいつを寺國《てらくに》と呼ばないように、こいつも俺を祥央《まさちか》と呼ぶことはない。よそよそしい態度は仕様で、こいつは家族間ですら敬語を使う。初めて直《なお》と母親の会話を聞いた後で、義理の親かと訊《たず》ねたら怪訝《けげん》な顔をされた。金持ちの考えることは分からない。

「なんで俺がお前に嘘吐《うそつ》くんだよ」

昼時のファミレスはガキが多くて五月蠅《うるさ》い。

通路を走り回っている子供の甲高《かんだか》い声に、アルコール漬《づ》けになった脳の右奥が痛んだ。

顔を蹙《しか》めた途端に横の女子高生が、子供に負けない大きな声で彼氏の性癖《せいへき》を語り始める。

最近鬱陶《うっとう》しいガキが増えたと思うのは、老《ふ》けた証拠《しょうこ》なんだろうか。子供はチャイルドシートに、高校生は学校に閉じこめておけ、と自分の過去を棚《たな》に上げて煙草《たばこ》を取り出す。

フリントを回して火を点《つ》けようとすると、向かいに座る直がライターを握る俺の手を摑む。

「なんだよ」

煙草を離《はな》して問いかけると、直は「禁煙席《きんえん》です」と口にした。

指摘されてテーブルの上に灰皿がないことに気付く。こんなことなら、直よりも先に店に来ていれば良かったと悔やむが、そういえば前回も同じ事を考えていた。

小さく舌打ちして喫煙《きつえん》を諦《あきら》める。

「どうしますか？」

「何が？」

直は涼《すず》しい顔でアイスコーヒーを飲みながら訊《き》いてくる。まだ三月だ。外は随分寒いが、相変わらず温かい飲み物が苦手らしい。というよりも、どこかがおかしいとしか思えない。

そもそもこいつの家には暖房《だんぼう》器具すらない。以前理由を尋ねたら「汗を掻《か》くのが好きじゃない」と言っていた。厚い脂肪《しぼう》に守られているというなら、その言い分も理解できるが、直と俺の体型はほとんど変わらない。

「訴えますか？」

「そんな金ねーよ」

そう答えて髪を掻き上げる。髪はヘーゼル系の色で染めていた。俺が独自に配合しているので、市販《しはん》品や他の美容師では出せない微妙《びみょう》な色合いになっている。色が浮《う》かずに、綺麗《きれい》に馴染む比率をようやく見付けたのに、再就職のために黒く染め直すのは勿体《もったい》ない。しかし美容師以外の仕事にこの髪色は派手すぎる。

「二割引きで俺が引き受けます」

「二割かよ。無職から金巻き上げるなよ、悪徳弁護士。いつからそんなけちくさくなったんだ？　だから女の一人もいねーんだよ。童貞《どうてい》」

最後を強調すると、傍《かたわ》らの女子高生がちらりと品定めするように直を見た。

「童貞じゃありません」

手を掛《か》けずとも整っている眉《まゆ》は心持ち寄せられ、唇《くちびる》は不満げに結ばれている。

「俺は真面目《まじめ》な話をしています」

直が少し声のトーンを変える。

「俺も真面目に聞いてる。でもその歳で童貞ってねーよ。高学歴な人間ほどそういう奴が多いって説、お前見てると支持したくなるね」

「……別に構わないと思います。経験が豊富であることが、必ずしも良いことだとは思えません。それに一生に一人と決めているなら、その人に全《すべ》てを捧《ささ》げるのは悪いことではない。統計では十代で初体験を済ませるより、二十代以上で済ませた方が満足度が高いと出ています」

真剣《しんけん》にそう口にする直に、うわーこいつマジで童貞だよ、と思った瞬間、横の女子高生が「格好良いのに残念」「童貞捧げられてもね。処女なら分かるけど」「どっちも重い」「統計とか調べてるのもキモい。見た目はいいのにね」とこそこそ話し出す。

「なんなら、君ら相手してやってよ」

俺が声を掛けると、隣《となり》のテーブルの女子高生がぎょっとしたように顔を視合《みあ》わせる。

「こいつ、これでも偉《えら》い弁護士先生なんだよ。だから生涯《しょうがい》賃金は結構いくと思うし、女慣れしてないから好きに操縦できるよ。実家も名門だし、性格も良い。歳は二十六で、多少離れてるけどそっちの方が楽でいいだろ？　それに……」

アレもでかい、と言いかけた時に直が伝票を持って立ちあがる。

飲みかけのアイスコーヒーと俺を置いて、出ていくつもりらしい。

仕方なくその後ろを追いかける。律儀《りちぎ》に俺の分まで会計しているところが直らしくて笑えた。

「直、置いていくなよ」

数歩先を行く背中に声をかける。

薄《うす》いスーツ、使い古しのバッグ、すり減った靴《くつ》。どれも安物だというのが一目で分かる。高給取りの癖《くせ》に贅沢《ぜいたく》をしないのは、学費を今も分割《ぶんかつ》で返しているからだ。一日も早く返済するために、生活費を削《けず》っているらしい。

実家は金持ちだが、大学に入学する時点で独り立ちしたと以前、本人から聞いた。父親とは高校時代から良い関係ではなかったが、直が父親の法律事務所に入らなかったことで、余計に悪化したらしい。らしい、としか言いようが無いのは直が秘密主義だからだ。元々自分の事を話す方じゃないが、ここ数年は以前に増して無口になった気がする。

「世話を焼かれるほど困っていません。それに未成年者と付き合うつもりもありません」

無表情な直の表情を読めるようになるまで、一年かかった。まるで感情が出ないと言う奴《やつ》も居るが、伊達《だて》に長く付き合っているわけじゃない。で、今現在の直の心境は、俺が小学校の時に流行《はや》っていたギャル語で言えば、マジでキレる5秒前ってところだ。

俺はこいつの事をもう何年も好きでずっと見ていたから、直が眼差《まなざ》しを変化させるだけで、どんな気持ちでいるのかが如実《にょじつ》に分かってしまう。

「ただの冗談《じょうだん》だろ」

後ろから腰《こし》に腕《うで》を回すと、軽く振《ふ》り払《はら》われる。

「お前と会うのが久し振《ぶ》りだから、嬉《うれ》しくて調子に乗った」

甘い口調でそう言うと、直は呆《あき》れた顔で足を止めた。

「……相談があるんじゃなかったんですか？」

先程よりも、眼差しが柔《やわ》らかくなった。どうやら危機は去ったらしい。

こんな風にすぐに許すから付け込まれるんだ。肝心《かんじん》な所で甘すぎる。

だからきっと、俺みたいな奴に、いつまでも付き纏われるんだ。

「俺、失業したって言っただろ」

「聞きました」

「で、宵越《よいご》しの金は持たない主義だから、貯金もない。退職金もろくに貰《もら》ってないから、こうなると衣食住に困る。だから、仕事が決まって安定するまで……」

「嫌《いや》です」

返答の早さは拒絶《きょぜつ》の強さの証《あかし》だが、相手は直だ。言いくるめるのは慣れている。

本当に弁護士が勤まるのかと思うほど、直は「お願い」に弱い。

「おい、最後まで言わせろよ」

「絶対に嫌です」

「泊めろ。先輩命令な」

颯爽《さっそう》と歩き去ろうとする直の腕を掴む。

足の長さは変わらないのに、昔から歩くのはこいつのほうが速い。

俺が足を止めたので、仕方なく直も足を止める。

うんざりした表情にめげずに、「頼《たの》むよ」としおらしさを心掛《こころが》けて口にする。少しだけ屈《かが》み、上目遣《うわめづか》いで名前を呼ぶと、男前の元後輩《こうはい》は溜息《ためいき》を吐《つ》く。

もう一息だ。

「俺、お前しか頼《たよ》れないんだ。それに前は直の方から一緒《いっしょ》に暮らそうって言ってくれただろ？

あのとき、本当は凄《すご》く嬉しかった。なぁ、一月でいいから」

直は騙《だま》されていることを承知の顔で「本当に一ヶ月だけなら」と口にする。

「ただし、女性を連れ込むのは無しです。アルコールも、家には持ち込まないでください」

「助かる」

「それから……」

「じゃあ早速《さっそく》お前の家に行くか」

「まだ話は終わってません、それから俺は仕事中なので……」

「いってらっしゃい。俺は家で待っててやるから。ほら、鍵《かぎ》寄こせよ」

掌《てのひら》を差し出すと、直は眉を寄せた。

不安げな顔を見て「同棲《どうせい》するって決めたんだから、さっさと寄こせよ」と畳《たた》みかける。

早くかせ、と指を動かした。直は諦めたように自分の鞄《かばん》を探《さぐ》り、鍵を取り出す。

そこには幼児向けアニメに出てくるマイナーなキャラのキーホルダーがぶら下がっていた。頭にはシルクハットが乗っていて、口元にはチャップリンみたいなヒゲが生えている。

このキーホルダーは高校時代に俺が直に渡《わた》したものだ。直はこのヒゲ男の事が好きらしい。

「何も問題を起こさないでください。もし何かあったら、すぐに電話してください」

「分かったから。早く仕事にいけよ、弁護士先生」

一向に俺の手に渡って来ない鍵を奪《うば》い取る。

直は悲痛な顔（といっても俺以外にはただの無表情だろうが）をしてから、事務所がある方向に歩いていく。俺はひらひらと手を振りながら、その後ろ姿を見送った。

直の家はここから歩いて二十分程度の場所にあるモルタル二階建てのアパートだ。外観も内装も古めかしく、お世辞にも良い部屋とは言えないが、大学時代よりは部屋数が増えている。見た目に拘《こだわ》る奴じゃないから、恐《おそ》らく立地と家賃を優先して契約《けいやく》したのだろう。

早速駅のコインロッカーに寄って、数時間前に押し込んだ荷物を取り出す。自室は既に引き

払っている。もともと荷物は少なかった。ほとんどの物はゴミ袋《ぶくろ》に入れて捨てた。荷物はバッグが三つだけだ。それを手にアパートに向かう。

相変わらず素っ気ない佇まいで、汚《よご》れた灰色のブロック塀《べい》が貧相さに拍車《はくしゃ》を掛けている。外階段を上って二階の端《はし》、ピッキングがしやすそうな銀の丸いドアノブに鍵を差し込む。

そこで初めて、鍵を差し込むとキャラが逆さになることに気付いた。アニメは国民的人気だったので俺も小学校に入る前に見ていた覚えがあるが、このキャラは記憶《きおく》にない。

『初期のエピソードに出てきたキャラで、もともと敵だったんですけど途中《とちゅう》で味方に変わったんですよ。最後は宇宙船の発射ボタンを押して仲間を助けるために、無人星に残ったんです。それで今もきっと宇宙のどこかで、一人寂《さび》しく生きてるんですよ』

高校時代に理科棟《とう》の非常階段で、真剣な顔をして話す直の横顔を未《いま》だに思い出せる。あの頃《ころ》の俺と今の俺が違《ちが》うように、直だって当時は今よりずっと無気力で無感動な奴だった。一体どんな流れでアニメの話になったのかは思い出せないが、「何考えてるか分からないから怖《こわ》い」と周囲に思われている男が幼児向けのアニメの話を真面目《まじめ》に語り出したので、思わず噴《ふ》き出したのを覚えている。途端に不機嫌《ふきげん》になった直を取りなして「助けられた連中はそいつを助けに戻《もど》らなかったのか？」と口にしたら「無人星は不規則に動いているから、もう場所がわからないんです」とぶっきらぼうに答えた。その言い方がおかしくてまた笑ったら、直は唇《くちびる》を引き結んでアニメの話題にはもう触《ふ》れなくなった。

「なんだっけ？　ミラクルマン？」

鍵を開けて、家主のいない部屋に入る。狭《せま》い玄関《げんかん》の脇《わき》には流しとコンロ、隅《すみ》には緑色の古い冷蔵庫がある。その奥に磨《す》りガラスをはめ込まれたドアがあり、脱衣《だつい》所と洗面台と浴室が続く。トイレはその隣だ。ユニットバスではない代わりに、かなり狭い。台所兼玄関《けんげんかん》は板の間だが、居間と寝室《しんしつ》は畳《たたみ》だ。部屋の仕切りには何故《なぜ》か壁紙《かべがみ》と同じクロスが貼《は》られた襖《ふすま》があり、その白さがやたらと浮《う》き立っている。居間は六畳《じょう》だ。その隣は八畳。間取りだけ見れば、家賃は破格だ。

だけど俺だったらもう少し見た目の良いアパートを選ぶ。

「相変わらず、片づいてるな」

直が居間として使ってる部屋にはテレビと素っ気ない四つ足のテーブル、窓の前にはやたらと大きな机があり、その横にある本棚《ほんだな》には上から下まで法律関係の本が並んでいた。

弁護士みたいな資格は、国家試験に合格してそれで終わりじゃない、という所が面倒《めんどう》だ。判例は日々増えるだろうし、法律や条例も増えていく。毎日机に向かって勉強しなければならない仕事なんて、とてもじゃないが俺はする気にならない。

女の気配が少しもない部屋を見回し、ひとまず冷蔵庫を開けた。

最初から期待していなかったが、案の定飲み物しか入ってない。とりあえず荷物を居間の隅に置いて、財布《さいふ》と鍵だけを手にして、来るときに目にした商店街に向かった。

料理は趣味《しゅみ》じゃない。作れるが、面倒だ。だけど直が外食よりも手作りの飯が好きだということはずっと前から知っていた。知った時から、料理を始めた。

今では何でも作れる。昔から、手先だけは器用だった。だから、美容師になった。

俺が初めて切ったのは直の髪《かみ》だ。寝癖《ねぐせ》の付いた髪を笑い、「撥《は》ねてるところ切ってやろうか？」と冗談で言った翌日に、直はハサミを持って非常階段までやってきた。

『店に行くの、面倒なんでお願いします』

外見に無頓着《むとんちゃく》すぎるにも程《ほど》があると思いながら、引くに引けず仕方なく切り始めたら、意外と上手《うま》くいった。直は後頭部が寒いと文句を言ったが、三ヶ月後には再びハサミを持参した。

「今日は鍋《なべ》でいいか」

八百屋の店先に並んだ野菜はどれも新鮮《しんせん》で美味《うま》そうだ。しかもご丁寧《ていねい》に鍋用に各野菜が少しずつ盛られたザルがある。

「これ、何人用？」

店先に出ていたおかみさんに話しかけると「二人か三人ってとこね」と口にして、手早くそれを袋にざっと入れた。まだ買うと決めていなかったが、まぁいいかと財布を取り出す。

「お兄ちゃん、新顔だからおまけしてあげるよ」

序《つい》でに袋に何かを入れて渡される。会計を済ませてから「お姉さんが美人で気前がいいから、また来るよ」と口にすると「やだ、次もおまけしなきゃだね」とところころと笑う。

次の店も似たような台詞《せりふ》でおまけを貰った。

必要な物を買い揃《そろ》える頃には夕方になっていた。作ったばかりの合い鍵を使い家に上がる。部屋の中はほとんど外と変わらない寒さだ。

「暖房も冷房もないから、電気代かからなくていいよなぁ」

買った物をどさりと板の間に置き、一番重かった土鍋《どなべ》を取り出す。自分の分の食器も含《ふく》めて全部水洗いしてから、調理に取り掛《か》かったところで包丁の刃《は》が鈍《なまくら》だと気付く。

こんな事なら俺の部屋の包丁を捨てるべきじゃなかった。

「これでよく料理ができるな」

そう呟《つぶや》いてから、しないのかと気付く。どうせ外食と出来合いの食事で凌《しの》いでいるんだろう。

直は不器用だ。いや、不器用になったと言うべきか。以前は難しいコードを滑《なめ》らかな手つきで弾《ひ》きこなしていた。左手に怪我《けが》をして以来、俺は直がギターを持っている姿を見たことがない。ギターは飽《あ》きたから止《や》めたと聞いたが、それが真実じゃないことは分かっている。

「俺のせいで駄目《だめ》になったんだよな」

だけど直は否定する。傷は大したこと無いと嘘《うそ》を吐《つ》く。当時の俺は信じたふりをした。その方が楽だったし、認めるのが怖かったからだ。だけど時間が経《た》てば経つほど、その左手が気になってしまう。未だに直の手に包帯が巻かれていたときのことは覚えている。しかし同時に、その包帯がテリヤキソースに染まった事を思い出して、笑いが漏《も》れる。

「変なところで抜《ぬ》けてるんだよな」

明日は包丁とハロゲンヒーターを買いに行こうと決意して、大根の皮を苦労して剝《む》きながらこれからの予定を立てた。

前の部屋は店から歩いて十分ほどだったため、辞めた店の近くに住んでいるのも癪《しゃく》で、勢いで解約してしまったが、一月で職も新しい家も探すのは正直面倒だった。しかしある意味、直の家に居候《いそうろう》する口実ができて良かった。

それに時折、おかしな連中が来ることがあったから、以前から引っ越《こ》しは検討していた。

「とりあえず、職が先だよな。月給や居住地が決まらないと部屋は探せねーし」

手元の大根に同意を求めながら、夕食の準備を整える。鍋に具材とだし汁《じる》をいれて蓋《ふた》をして煮《に》込む。充分《じゅうぶん》に煮立ったところで火を止めて蒸《む》らし、直が帰ってくるのを待った。

自分の部屋に一人で居るよりも、直の部屋に一人で居る方がくつろげる。何度かこの部屋には来たことがあったが、やけに落ち着く。フローリングの床《ゆか》とは違って、適度な硬《かた》さを持った畳のせいかもしれないと考えていると、直が帰ってくる。

「おかえり」

「荷物、それだけですか？」

直の視線は部屋の隅にあるバッグに向けられていた。

もともと身軽な方だった。どうしても捨てたくない荷物なんて、俺にはほとんど無い。厳選していけば、バッグ一つだって満たせないだろう。

「そこはただいま、だろ」

「……ただいま帰りました」

俺の指摘《してき》に、直は素直《すなお》に要求された言葉を口にした。

四角くコンクリートが敷《し》かれただけの素っ気ない玄関で靴《くつ》を脱《ぬ》ぎ、直が部屋に上がる。

「で、ご飯にする？　お風呂にする？　それとも……」

「ご飯を頂きます」

「おい、みなまで言わせろよ」

直は面倒臭《めんどうくさ》そうに俺を一瞥《いちべつ》した後で、鍋が置かれているコンロの火を点《つ》けた。しばらくして温まった後で、俺はそれを居間のテーブルの上に運ぶ。鍋敷《なべし》きまでは気が回らなかったので、玄関の横にあった新聞の束で代用する。

「明日はハローワークで求職登録してきてください」

食卓《しょくたく》に着いて箸《はし》を手にすると、「いただきます」の代わりにそんな事を口にする。

「分かってるよ」

俺はつゆが入った呑水《とんすい》に野菜と豆腐《とうふ》を取りながら答えた。塩ベースのちゃんこ鍋にしたが、なかなか出来が良かった。そもそも部屋が寒いので、温かいというだけで三割増しに美味いと思える。自画自賛しながら料理に舌鼓《したつづみ》を打っていたが、食事の最中に直が持ち出す話題は、再就職に関する事ばかりだった。失業手当や給付金、保険料の支払《しはら》い猶予《ゆうよ》に関する手続き方法なんて面倒なことを説明されて、折角《せっかく》の美味い鍋が急に色褪《いろあ》せて視《み》える。

「消化に悪そうな話は後でな。なんか……お前、年々世話焼きになってるよな。昔は〝明日世界が終わっても構いません〟みたいな態度だったろ。今は率先《そっせん》してリンゴの木を植えそうだ」

そう指摘してから、八百屋のおかみさんがおまけで付けてくれたリンゴの存在を思い出す。

直は果物を余り食べないから、あれは俺が明日食えばいいかと豆腐を口に運びながら考える。

「先輩《せんぱい》もそうでしたよ。〝この場で殺されても別にいいです〟って態度でした」

確かに直と出会った頃《ころ》は、楽しい事なんて何一つない、怖い事なんて何一つないと、達観したつもりでいた。今思い返すと、ガキのくせに何を分かった気になっていたんだと恥《は》ずかしくなる。けれどもしかしたら、直と出会わなければ現在もそうだったのだろうか。

最初はただの「変わった後輩《こうはい》」だった。猫《ねこ》みたいに気配もなく近寄って、こちらが興味を覚えた途端《とたん》に去っていく。煩《わずら》わしいと思うほど接触《せっしょく》して来ないが、存在を忘れない程度には近づいてくる。そんな曖昧《あいまい》な関《かか》わり方で、一年も経つ頃には側に居ることが当たり前になっていた。

当時は人慣れない野生動物を手懐《てなず》ける気分だったが、もしかしたら逆だったのかも知れない。

「それは思春期特有の病だ。それに、俺よりお前の方が絶対ひどかっただろ。学校に居るときのお前より、よっぽどゲームの中のゾンビの方が活動的だったよ」

最初、直が無気力なのは俺がその左手を駄目にしたせいだと気に病《や》んでいた。けれどしばらく付き合ううちに、無気力なのが基準値なのだと知った。

「最近のゾンビは概《おおむ》ね普通《ふつう》の人間より積極的です。それに、水面下では色々と必死でした」

「何に対して？」

そう訊《たず》ねると直は途端に口を噤《つぐ》んで、もくもくと鍋の中身を食べ始めた。

黙《だま》った直にさらに質問を重ねようとしたときに、インターフォンが鳴る。食事を中断して玄《げん》関《かん》に向かった直は、しばらくして両手に布団《ふとん》袋を抱《かか》えて戻ってきた。

「それ、どうしたんだ？」

直は至極《しごく》当たり前のように「届けて貰《もら》いました」と答える。

相変わらずこいつとの会話は、本題にたどり着くまで時間が掛かる。頭が良い癖《くせ》に、言葉を額面通りにしか理解できないなんて、本業はまともに勤まっているのだろうか。

「そうじゃなくて、わざわざ布団を買ったのか？」

「はい」

「俺のために？」

「他《ほか》に誰《だれ》が居るんですか？」

「だよな。いくら？」

財布《さいふ》を引き寄せて問いかけると、直は「差し上げるわけではないので結構です」と口にする。

貯金はないと言ったが、本当は数ヶ月の生活費ぐらいある。そんな嘘を吐いたのはただ直と暮らしたかったからだ。直が誰かと家庭を持つ前に、もう一度学生時代のように親しくしたかった。ここ数年はお互《たが》い忙《いそが》しくて、月に一度もなかなか会えなかったから。でもそのことで、直に金銭的な負担を掛けるつもりはない。

「じゃあ半額でも良いから払《はら》うよ」

「夕食を作って頂けたらそれで充分です」

直は簡単な交換《こうかん》条件を出すと、重そうな布団袋を部屋の隅に置いて、食事を再開する。口ではいつもけちくさい事を言うくせに、相変わらず俺から金を受け取ろうとしない。

「明日、何が食べたい？」

こうなった時の直が引かないことは知っているから、その言葉に甘えて財布を仕舞《しま》いながら訊ねると「なんでもいいです」と返ってくる。

「そういうのが一番困るって、お母さんに言われなかったか？」

「先輩が作るものは美味《おい》しいから、なんでもいいです」

もう一つ、昔から変わらないところがある。こんな風に不意打ちで直は俺を喜ばせる。

「何を出しても文句言わずに食えよ」

直が何気なく言った平凡《へいぼん》な台詞《せりふ》に上がった気分を隠《かく》すように、ぶっきらぼうに口にする。

直は湯気の向こうでこくりと頷《うなず》いた。

食事が終わってから、直は机に向かって持ち帰った仕事を片付ける。だけど俺が風呂《ふろ》から上がる頃には既《すで》に隣《となり》の部屋に引っ込んでいた。襖《ふすま》の隙間《すきま》からは明かりが漏れている。

まだ仕事を続けているのかも知れない。

布団を居間に敷いてシーツと掛《か》け布団《ぶとん》の間に潜りこむ。綿布団は少し重かったが、冷えた部屋でも充分に温かさを感じることができた。

予備の布団がないということは、普段《ふだん》は誰も泊まりに来ないのだろう。真新しい布団の匂《にお》いを嗅《か》ぎながら、二十六歳にもなって未《いま》だに人間関係が希薄《きはく》な男に呆《あき》れる。だけど反面、自分だけが直の特別である気がして嬉《うれ》しい。

薄暗《うすぐら》い部屋の中で閉じられた襖を視つめ、その向こうにいる男のことを考えた。

もうずっと、考え続けている。出会った日から、十年も。

俺は瞼《まぶた》を閉じながら、二度目に直に会ったときの事を思い出した。


中学の頃から俺は非常階段が好きだった。四階から屋上に続く階段は外から死角になるし、屋上に続く柵《さく》には鍵《かぎ》がかかっていて行き止まりだ。俺以外は誰も来ない。

だから学校で一人になりたいときはそこに行く。どの学校にも、縦令《たとえ》進学校にだって一人は縄張《なわば》り意識の強い奴《やつ》がいる。けれど俺はそういう奴にとっても、教師にとっても関わりたくない存在だった。牙《きば》を視せるのは噛《か》みつく時だけ。一度噛みついたら、噛み千切るまで止《や》めない。

普通の人間にはストッパーが付いている。これ以上やったら危険だ、という線の内側で留《とど》まる。でも俺は頭に血が上ると駄目《だめ》だ。境界線だと知っていても、簡単に踏《ふ》み越《こ》えてしまう。

『清水祥央はまずい』

そんな噂《うわさ》が中学の頃から出回っているから、学校で俺に近づく人間はいない。

一部の奴等《やつら》が、俺はお前なんかにはびびってない、というデモンストレーションのために寄って来る事はある。俺は基本的に暴力を好まない。だからときどき連中は勘違《かんちが》いして、近づきすぎる。近づきすぎた奴の末路が、新たな噂になって広まる。

『先輩』

そう声を掛けられて驚《おどろ》いたのは、滅多《めった》に人の来ない場所に自分以外の誰かが来たからだ。そして、その声の主があのギターの男であることに、二重に驚く。

まさか同じ学校だとは思わなかった。俺を「先輩」と呼ぶということは、一年なのだろう。

『これ、忘れ物です』

後輩はそう言って階段を上って近づいてくる。臆《おく》することのない足取りは、先週末のライブハウスでも同じだった。拳《こぶし》を握《にぎ》った手が目の前に出される。

その下で掌《てのひら》を上向けると、安く幼稚《ようち》なデザインのピアスが一揃《ひとそろ》い落ちてきた。どう見ても女物だ。

『俺のじゃねーよ』

掌を逆さにする。カツンとコンクリートの階段の上にピアスが跳《は》ねた。

後輩は無感情に「そうですか」と口にする。ピアスを拾う気はないらしい。

学校指定の半袖《はんそで》のワイシャツと、灰色のズボン。ネクタイはきちりと締めていたが、ワイシャツの裾《すそ》は外に出ている。ライブの時と同じで、長い前髪《まえがみ》が鼻の辺りまで顔を隠していた。

『それ、ひどいのか？』

左手は包帯が巻かれている。俺がやったわけじゃない。だけどこいつは俺を庇《かば》って刺された。平気な顔をしていたが、痛くないはずがない。

『何針か縫《ぬ》いました』

『ギターは？　お前左利《き》きなんだろ？　弾《ひ》けるのか？』

『包帯をしているので弾けません』

『そうじゃねえよ、取れたら弾けるのかって……』

『先輩《せんぱい》には関係ないです』

そう言うと何の前触《まえぶ》れもなく俺の耳朶《みみたぶ》に触《ふ》れる。伸《の》ばされた手を拒絶《きょぜつ》し損《そこ》なったのは、後輩《こうはい》の動きがあまりにも自然だったからだ。

『何だよ』

普段だったら、誰かに体を触れさせたりしない。女相手でも、望んだ時以外に触れられるのは嫌《いや》だ。まして相手が男なら尚更《なおさら》だ。だけど後輩の手は死人みたいに冷たくて、人の手だという実感が湧《わ》かなかった。六月なのに、氷のようだ。

『血が固まってる』

親指の腹で撫《な》でられた。かさぶたが擦《こす》れて痛みが生まれる。先日のライブハウスで殴《なぐ》られた時の傷だ。穴に通したピアスを引っかけられたらしく、肩《かた》にまで血が垂れた。

血塗《ちまみ》れだったピアスは、家で外した。それ以来着けていないから、傷が塞《ふさ》がる時に穴も一緒《いっしょ》に塞がるだろう。元々自分を飾《かざ》る趣味《しゅみ》はない。着けていたのはただの気まぐれだ。だから仮に先程《さきほど》のピアスが本当に俺の物だったとしても、階段の端《はし》で鈍《にぶ》く光る羽目になっただろう。

『俺より、ずっと痛そうですね』

そう言って、俺の耳から指を離《はな》す。

『そんなわけねーだろ』

男の左手のことはずっと気になっていたが、あの場所に再び行く気にはなれなかった。目の前にいる男に再び会う事が怖《こわ》かった。自分の暴力の証《しるし》を見るのは嫌《きら》いだ。所詮《しょせん》俺にも駄目な人間の血が流れていると確認《かくにん》したくない。だから先程から後輩の左手は直視していない。

そんな俺の内心に気付いたのか、後輩はちらりと自分の包帯に視線を当てた。

『先輩は気にしなくていいです。俺から刺されに行ったので』

『……そういえば、あっちの女の方は？』

『目の上が腫《は》れてますけど、元気です。瓶《びん》は床《ゆか》に落ちてから割れたので、顔に傷はついていませんし、たぶん腫れが引けば元通りだと思います。今度彼等を見掛《みか》けたら、裸《はだか》に剝《む》いて公開リンチだって息巻いてます』

『お前が抜《ぬ》けたら、ステージには上がれないんじゃないか？』

俺の疑問に後輩は「俺はただの代理でしたから。ギタリストの突《つ》き指が治るまでという約束でステージに出ていたので、抜けても支障はありません」と淡々《たんたん》と口にする。

だから他の奴等とパフォーマンスが違《ちが》ったのか、と妙《みょう》に納得《なっとく》した。けれどそれにしては上手《うま》かった。心地《ここち》よい歪《ひず》みを聞いていると、セロの中に入れられた野ねずみの気分になれた。

『じゃあ、チャイムが鳴ったので失礼します』

『お前何しに来たんだよ？』

ピアスはただの口実だろうと、声に出さずに指摘《してき》して、階段を下りていく後輩を見つめる。後輩は踊《おど》り場で立ち止まり、俺を見上げると「先輩と話がしたかっただけです」と言った。変な奴だ。だけど面白《おもしろ》い。その日を境に、おかしな後輩が非常階段に来るようになった。

「で、今は後輩君の家にいるわけ？」

咥《くわ》え煙草《たばこ》で横に座るのは、俺と同じ歳の男だ。

今はコートと鼠色《ねずみいろ》のスウェット姿だが、時間が来ればそれはパニエとレースの付いたワンピースに変わる。眠《ねむ》そうにもったりした瞼もそのうちピンクやゴールドで飾り付けられ、半開きの唇《くちびる》にはべったりと口紅やグロスが塗《ぬ》られる。そこにふわふわのウィッグを着ければ、とても横にいる男と同一人物には見えない。意外と似合っている女装姿を、昔の知り合いに看破される可能性は皆無《かいむ》だろう。店用の名前は「ねね」だ。本名の「雄太《ゆうた》」とは似ても似つかない。素顔《すがお》は決して女顔ではないが、化粧《けしょう》をすればそれなりに仕上がる。諸外国の方々曰《いわ》く「日本人のメイク技術は整形並み」との事だが、俺もこいつのビフォアアフターを見て納得した。

しかし借金返済のために女装して働いているだけで、雄太は本来そっちの人間じゃない。

俺は煙草に火を点《つ》けると「そうだよ」と答えて、金を出して新たに銀色の玉を追加する。

「だけど良かったじゃねぇの。お前ずっと好きだったもんな。で、首尾《しゅび》はどうなわけ？」

「別に。何も」

「十年も何やってんだよ。力ずくで襲《おそ》っちまえば？　一緒に住み始めて何日経《た》った？」

「今日で三日目だ。だけど手を出して、直に嫌われたら死ぬ」

本人には言えないが、雄太には素直《すなお》に打ち明けることが出来た。以前気持ちを見破られた時は必死に否定したが、こいつの女装した姿を見てからは否定するのが馬鹿《ばか》らしくなった。それほど初めて見た雄太のバニーガール（ボーイ？）姿は衝撃《しょうげき》的だった。本場のドラァグクィーンと張れるぐらいの存在感の奴に、「俺はゲイじゃない」と否定することの虚しさを悟《さと》った。

「意外と臆病《おくびょう》だな、祥央」

雄太が笑いながらそう言って、それから「お、来た！」と口にする。

Ｇスポットに玉が入ったようだ。同時に俺にも運が向いてきて、スロットが回り始めた。

グリップを緩《ゆる》く調節する。指先の僅《わず》かな差が大きな結果を生む。パチンコは哲学《てつがく》を内包した玩具《がんぐ》だ。蝶《ちょう》や猫《ねこ》がいなくてもパチンコ玉があれば、カオス理論とシュレディンガーの思考実験について解説ができる。もっとも、そこに難点があるとすれば聴覚が麻痺するって事と、徐々《じょじょ》に財布《さいふ》が軽くなっていくって事だ。

「なんで、最後だけクラゲなんだよ」

確変リーチ「人魚」「人魚」「クラゲ」だ。もしも最後も人魚なら、回っていた液晶《えきしょう》のスロットには「竜宮城《りゅうぐう》！」と表示される筈《はず》だった。しかし今は「溺死《できし》！」と表示されている。

「クラゲはお前だけに訪《おとず》れる不幸じゃねぇよ」

雄太は愚痴り、項垂《うなだ》れた後で「一生言わない気なのか？」と話を先程の話題に戻《もど》す。

「死ぬ間際《まぎわ》になったら言うかもしれねーけど」

「じゃあなんでごり押ししてまで一緒に住んでんだよ」

「……直が家庭を持つ前にもっと二人の思い出がほしくて？」

子供じゃないんだから、いつまでも友達同士で連《つる》んでるわけにいかないのは分かっている。

今まで誰《だれ》も好きにならなかったからといって、これからもそうだとは限らない。直は良い奴《やつ》だし、外見も整っている。ましてや弁護士だ。女の好きそうな職業だから、いざ直が誰かを好きになれば、相手と親しくなるのにそう時間は掛《か》からないだろう。

実際今までだって俺以外に直に惹《ひ》かれている奴はたくさんいた。

「女が出来たら身を引くのか？」

「俺は直をこれ以上不幸にしたくないんだよ」

そう言いながらも側に居ることを止《や》められないし、止めたくない。

「お、人魚姫《ひめ》が揃《そろ》った！」

雄太が急に高い声でそう口にする。

液晶は竜宮城になっていた。どうでもいいが、竜宮城なら人魚ではなく亀《かめ》じゃないのか。

パチンコ台のポリシーに疑問を持ちながらも、俺はすっかり冷めた缶《かん》コーヒーを飲み干して、喜んでいる高校時代からの知り合いを横目に立ち上がる。どうも今日は当たらない気がする。

「帰んの？」

「もう金がない」

「金が欲しいなら店紹介《しょうかい》しようか」

「お前と姉妹になるつもりはねーよ」

残った玉を雄太に譲《ゆず》る。久し振《ぶ》りのパチンコだが、一万円近くつぎ込んでチョコレートの一枚すら手に入れられない。

財布には小銭《こぜに》しか無いので、帰り道にあるコンビニのATMで金を下ろすことにした。いつものようにカードを入れて暗証番号を入力する。切りよく十万円引き出して、それを財布に仕舞《しま》う。少しだけ厚くなった財布に満足しながら、感熱紙に印刷された残高を確認する。

高校を卒業して、美容院に勤めながら通信教育で三年かけて学び、資格を取った。数年前に店を移ってからは、メディアからの依頼《いらい》でスタジオに呼び出されて残業になることが多かったし、指名がかなり取れたお陰《かげ》で預金の残高は少なくない。

「直にばれないようにしねーと」

感熱紙を丸めてコンビニの外に並んだ屑籠《くずかご》に捨てた。ばれたら一緒に暮らす理由がなくなる。金がないから、同居を了承《りょうしょう》してくれたんだろう。嘘《うそ》は吐いているが、別に悪いことをしているわけじゃない。一月だけだ。これを逃《のが》したら直と暮らす機会は二度と来ないだろう。

それに襲おうなんて、考えていない。ただ友達として側にいられたら満足できる。たった一月でいいんだ。自分に言い聞かせるように繰《く》り返していると、古ぼけた美容室が目に入った。レトロな店構えに店名の書かれたビニールの雨除《あめよ》けを見て、ノスタルジックな気持ちになる。最初はアシスタントだったから、仕事は補助的な物がほとんどだった。ブロッキングが苦手だったこと、シャンプーのしすぎで手がぼろぼろになったこと、新人時代のそんな記憶が不意に蘇る。たった数週間前まで普通《ふつう》にやっていたことなのに急に美容師の仕事が懐《なつ》かしく思えた。

眺《なが》めていると美容室から幸せそうな客が出てきた。

「定休日だったのにごめんなさいね、無理言って」

「良いのよ。同窓会楽しんできてね」

常連客らしき相手と店主の交《か》わす会話に耳を傾《かたむ》けながらも、不審《ふしん》がられないうちに立ち止まっていた足を動かして、足早に店から離れる。俺には既に関わりのない世界だ。

電車に乗って直の家の最寄《もよ》り駅で降りた。顔見知りになった商店街の店で食材を買って階段を上ったところで、ドアの前に見知らぬ男が立っていることに気付く。営業や勧誘《かんゆう》だとは思わなかったのは身なりが良かったからだ。男は俺には気付かず、白い手紙を郵便受けに入れた。やけに綺麗《きれい》な顔をした男だった。気品のある顔立ちと、エリート然とした無愛想な表情を見て、直の同業者かもしれないと思った。

「直はまだ帰ってきてませんよ」

声を掛けた後でおかしいと気付く。直の同業者ならば、家ではなく会社に行くだろう。プライベートな知り合いなら、平日の三時前に直が家にいるとは考えない。

いや、郵便受けに手紙を入れていたから、そもそも会う気は無かったのかもしれない。

男は俺を爪先《つまさき》から頭の上までじっくりと眺めた。

「……清水センパイ？」

男の唇が緩く弧《こ》を描《えが》く。だけど笑っているのは口だけで、視線には敵意が含《ふく》まれていた。

肯定《こうてい》する代わりに「俺の知り合いか？」と尋《たず》ねる。直と俺の共通の知り合いは、いないこともない。同じ高校という可能性もある。それなら敵意にも納得《なっとく》がいく。しかし目の前の男は少なくとも三、四歳は年上に見えた。

「いいえ。でも、あなたの事は何度か直から聞いてましたから。直に伝えて頂けますか？　昔の恋人《こいびと》が電話を欲しがっているって」

その言葉に目を瞠《みは》ると、男は素っ気なく俺の横を通り抜《ぬ》ける。

後ろ姿を見送ってから、鍵《かぎ》を開けた。

今のが冗談《じょうだん》だったとは思えなかったが、真実だとはもっと考えられない。直は普通だ。ずっと、普通だった。確かに女には興味が薄《うす》かったが、それは男に対しても同じだ。

恋愛《れんあい》ごとについて直が話した事は無いが、元々無口な男なので不思議だとは思わなかった。

まさか俺に言えないような相手と付き合っているなんて、考えもしなかった。

「有り得ないだろ」

ドアに備え付けられた郵便受けを探《さぐ》ると、変哲《へんてつ》もない白い封筒《ふうとう》が入っていた。宛名《あてな》には寺國直様とだけ書かれている。それ以外は、差出人の名前すらない。

「開けても、きっと怒《おこ》らないだろうけど……」

直はどうせ開けたとしても「読んだんですか」としか言わない気がした。あいつの性格はよく分かっている。いや、分かっていたつもりでいた。

恋人ってなんだよ、と思いながらその封筒を四つ足のテーブルの上に置く。

それから干していた二人分の布団《ふとん》を取り込む。窓を開けたまま、畳《たたみ》の上で剝《む》き出しになっている布団の上に顔を押し付ける。温かくて柔《やわ》らかで気持ちが良い。鼻先を埋《うず》めて目を閉じた。日向《ひなた》の匂《にお》いがする。深く息を吸い込んだが、直の匂いはしない。日向の乾《かわ》いた柔らかな匂いがあるだけだ。犬にでもなれば、もっと敏感《びんかん》に直の匂いに気付けるだろうかと考えて、自分の変態めいた思考に自嘲《じちょう》する。

ずっと好きだった。何年前からなのか、遡るのも億劫《おっくう》なぐらい前から。十代の頃《ころ》からずっと想っているなんて、いい加減呆《あき》れる。

好きだから諦《あきら》めたのに、なんで「男」なんかと付き合っていたんだと、不条理な怒《いか》りが込み上げてくる。男でいいなら、俺でもいいじゃないか、と馬鹿げた考えに取り憑《つ》かれて、しばらく布団の上を動けなかった。部屋は徐々に暗くなっていく。

夕食の準備には夜のを七時過ぎてから取り掛かった。直はどうせ八時を過ぎないと帰って来ないと知っていたから、食事の支度《したく》は充分《じゅうぶん》間に合った。実際料理が出来上がる少し前に、直が帰宅する。考えながら作っていたせいで、今日の料理はどれも少し焦《こ》げ目が付いてしまった。

「家に帰ってきた時に明かりが点《つ》いてるっていいだろ?」

顔を見た途端《とたん》、すぐに先程《さきほど》の男の事を訊《き》きたくなったが、冗談だったときの可能性を考えて、慎重《しんちょう》になった。

台所の横にある玄関《げんかん》で靴《くつ》を脱《ぬ》いでいる直に、普段《ふだん》通りの声で問いかけると「職安には行ったんですか？」と返ってくる。

知り合って十年、未《いま》だに直との会話はキャッチボールにならない。

「書類を揃えるのが面倒《めんどう》で、まだ行っていない。でも心配しなくても、一月の約束は守る」

直は疑わしそうに俺を見たが、それ以上は追及《ついきゅう》して来なかった。

「これ、どうしたんですか？」

「これって？」

居間の方から聞こえた直の質問に、背を向けたまま問い返す。何を訊いているのかは分かっていたが、知らない振《ふ》りをした。

「手紙、あの人が来たんですか？」

どうやら筆跡《ひっせき》だけで誰《だれ》が来たのか分かるらしい。余程親密な付き合いだったんだろう。

「元恋人って名乗る男なら来たよ」

緊張《きんちょう》しながら告げると、直が黙《だま》り込む。予想していた反応と違《ちが》う。もっと淡々《たんたん》としていると思っていた。

振り返ると、直は俺を見ていた。心の中を見透《みす》かそうとするような視線を居心地《いごこち》悪く思い、「なんだよ？」と口にすると、直は一度唇《くちびる》を開いてから言葉を飲み込む。

「なんでもありません」

直は手紙を持って隣《となり》の部屋に引っ込んだ。

襖《ふすま》を閉める音を聞いて、ようやく俺は平静を装っていた表情を崩《くず》す。

男の話は本当なのかと驚《おどろ》く反面、未だに信じられなかった。直は不器用だが、見た目も性格も悪くない。だから数年後には誰かと結婚《けっこん》して、幸福な家庭を築くだろう。子供も出来て、きっと安定した人生を送る。そう思っていたし、願ってもいた。その時は祝福するつもりでいた。

直が同性を好きになるなんて、考えもしなかった。

頭の中は混乱していたが食事を皿に盛り付けて、普段と変わらない口調で襖の向こうの直に声を掛《か》ける。直はしばらくすると何事も無かったような顔で食卓についた。俺は買ったばかりのハロゲンヒーターの前に陣取《じんど》って箸《はし》を進めながら、先程の話題を直が持ち出すのを待ったが、その気配は一向にない。

結局焦《じ》れて、自分から「さっきの男」と切り出す。

「元恋人だって話、マジなの？」

今日の夕食は鶏肉《とりにく》の照り焼きと卵とキノコの炒《いた》め物にサラダ、それからアサリの味噌汁《みそしる》だ。どれもかなり美味《うま》いと思うが、直はその手の事に関して感想を言わない。昔から美味くても不味《まず》くても、感想を言わずに食べる男だった。しかしその場では感想を言わないくせに、しばらくすると「この間のあれ、また作らないんですか？」と聞いてくる。

今日も表情を変えずに俺の照り焼きを食った後で、直は「そうみたいですね」と答えた。

「そうみたいってなんだよ」

まるきり他人事《ひとごと》のような返答の仕方に、呆れて問い返す。直は食事を続けながら「付き合っていたとは思わなかったので。何度か寝《ね》たことがあるだけでしたから」と淡々と口にする。あっさりと告げられた衝撃《しょうげき》的な事実に、自分でも想像していた以上に傷つく。何にも知らなかった。童貞《どうてい》だとからかう度《たび》に否定されていたが、信用していなかった。

「電話して欲しいって言ってたけど。番号が変わった時に、通知してやらなかったのか？」

直は頷《うなず》く。

不通になっても諦めずにわざわざ家まで来るなんて、相当未練があるんじゃないのかと、数時間前に会った男の顔を思い出す。同性にしては細身で綺麗な顔をしていた。

「どうすんの？」

サラダに入っている焦げたベーコンにシーザードレッシングを絡《から》めて口に運ぶ。わざと直を見ないまま、会話を続けた。直は俺の言葉に「何も」と答える。

「手紙まで持って家に来てくれたのに、電話もしてやらないのか？」

直の返答にほっとしたくせに、重ねて尋ねる。

「彼とはもう前のようなつき合いをするつもりはありませんから」

切り捨てるような口調に、偽善《ぎぜん》的ではあるが、急にあの男が気の毒に思えた。

「可哀想《かわいそう》だな」

俺の言葉に直は「お互《たが》い、割り切った関係だったので」と簡潔に答える。

しかし彼が俺に向けた視線からして、割り切っていたのは直だけだったのだろう。

「今度来ても、何も預からないでください」

「何もって？」

「伝言や手紙です」

「ただの先輩《せんぱい》の俺が断っても向こうは納得《なっとく》できないだろ。じゃあ……お前の新しい彼氏ってことにして、断っておくよ」

自分でも馬鹿《ばか》げた提案だとは思ったが、現実には無理なんだからせめて嘘《うそ》で叶《かな》えてみたかった。ずっと好きだったから。一度ぐらい恋人役を演じてみたい。それに直の元恋人に対する嫉《しっ》妬《と》も手伝って、ついそんなことを口にする。

直は予想通り呆れた顔で「楽しんでるんですか？」と言った。

「直の力になりたいだけだ」

胡乱《うろん》気な眼差《まなざ》しを向けられて、俺は嘘臭《くさ》いほどにっこりと笑って見せる。

「先輩は同性愛者に対して偏見《へんけん》がないんですね」

同類だからだ、と答えたらきっと直は驚くだろう。

「美容関係はそういう奴等《やつら》が他《ほか》の業界より多いから慣れてる。それよりお前、俺の事あいつに話したのか？」

「どういう意味ですか？」

「初対面なのにそいつが俺の名前を知ってたからだよ。清水先輩って呼ばれた」

直は味噌汁の中の豆腐《とうふ》を箸で摘《つま》んだが、力加減を誤ったのか豆腐は再び椀《わん》の中に崩れ落ちた。

「以前、二人でいる時に先輩からの電話があったんです。その時に少し話をしただけです。他に、何かあの人は言ってましたか？」

直は小さくなってしまった豆腐の欠片《かけら》を口に運ぶ。

「別に何も。それより、どこで知り合ったんだよ？　大学か？」

直はあまり社交性に富んでいないから、恐《おそ》らく身近な場所で知り合った仲間なのだろうと当たりを付けた。それに先程の男は偏差値《へんさち》の高い私立大学が、いかにも似合いそうだった。

「司法修習生の頃《ころ》に知り合ったんです」

「向こうも弁護士か？」

良いスーツを着ていたのを思い返して訊《たず》ねると直は頷いたが、あまりこの話はしたくないようだった。だから、手紙の中身を聞くのは諦《や》めた。その代わり「なぁ、初めてやったのいつ？」と口にする。

「……十六です」

「それって俺と会う前？」

直は頷いた。出会った時は既《すで》に非童貞だったのかと、今更《いまさら》ながらに驚く。

「因《ちな》みに相手って、男？　女？」

「女です。男はあの人しか知らないので」

女の扱《あつか》いが下手なのは、女と関係を持ったことがないからだとばかり思っていた。なんで言わなければならないんだ、という顔で直が白状する事実に半信半疑のまま「俺の知ってるやつと寝たことある？」と訊ねた。直はしぶしぶ何人か女の名前をあげた。

「知らねーよ、誰だ？」

直の簡潔な説明を聞いて初めて、男みたいな声で歌っていたボーカルだと知った。どうやら女関係はギターを弾《ひ》いていた頃の繋《つな》がりらしい。

顔も覚えていないボーカルに嫉妬する反面、女とも寝ることにほっとした。だけど同時に残念な気持ちになる。女がいけるなら、そっちの方が良い。その方が幸せになれる。だけど女が駄目《だめ》だったら、俺が直に手を出しても良い理由ができたのに。それに昼間来た男だけが例外だというのは、彼が殊更《ことさら》特別に思えて余計に嫉妬してしまう。

「もうこの話題に関しては話したくありません」

直は断定的に口にした。

俺もこれ以上聞くのはショックがでかそうだったので、話題を仕事の事に向ける。直はほっとしたような様子で、聞かれるがままに答えた。

直が勤める弁護士事務所は駅の近くにある。このアパートと同様に外観は冴《さ》えないが、依頼《いらい》者は途切《とぎ》れることなく訪《おとず》れるというから、恐らく弁護費用が安いのだろう。

「先輩の仕事は？」

そう聞かれて今度は途端《とたん》に俺の方が口が重くなる。

「条件を教えて頂ければ、俺も探してみます」

正直、美容師を辞《や》めた事に対してそれほど未練は無い。もともと仕事にあまり喜びを感じなくなっていた。だからといって他にしたい仕事があるのかと聞かれたら、何も浮《う》かばない。

「お前専属のメイドとかって駄目？　お帰りなさいませご主人様～ってやつ」

滅多《めった》に出さない裏声を使って冗談《じょうだん》交じりに言うと、直の眉間《みけん》に小さな皺《しわ》が生まれる。

「雄太に言えば男物のメイド服ぐらい用意できるだろうし」

「先輩にそういう格好は似合わないと思います」

肩幅《かたはば》も身長もそれなりにある。先程《さきほど》見た男のように細身ではない。自分から提案したが、女装なんて端《はな》から興味はない。ひらひらしたスカートからごつい男の足が伸《の》びる様は悪夢だろう。

「真面目《まじめ》に考えてください。先輩の腕《うで》なら、就職先なんてたくさんあるでしょう？」

「また前みたいな店で働きたくないんだよ」

それに「俺の腕なら」というが、どうせ直はよく分かっていない。

雑誌の撮影《さつえい》でヘアメイクに呼ばれることはよくあったし、店を辞めるまではタレントの専属に指名されていた。技術面は飛び抜《ぬ》けてというわけではないが、ある程度上手《うま》くやってはいた。けれど、それに纏《まつ》わる職場内の嫉妬やしがらみは苦手だった。自分より目立つ俺を内心では良く思っていないくせに、店の宣伝の為《ため》に雇《やと》っていた店長兼《けん》オーナー。コンテストで俺が順位を抜いて以来、ガキみたいな苛《いじ》めで憂《う》さ晴らしをする先輩。彼らに追従する未熟な後輩《こうはい》。最悪なスタッフばかりではなかったが、男が多い職場だったせいで競争心ばかりが渦巻《うずま》いていた。嫉妬する時間が有るなら自分の技《わざ》を磨《みが》けと、心の中で呆《あき》れていた。

「じゃあ、どんな仕事がしたいんですか？」

そんな風に聞く直を見て、昔だったらここまで追及《ついきゅう》されなかったのにな、と思いながら「楽な仕事」と答える。

「残業がなくて、誰《だれ》にでも出来るような、楽な仕事がいい」

「分かりました。探しておきます」

溜息《ためいき》混じりに直が請け合ったのは、俺に任せて置いてはいつまでたっても職が見つからないと考えたからだろう。食事が終わってから、俺は食器を台所に持ち込む。流しに入れた食器を洗いながら「なぁ因みに、手紙を持ってきた奴《やつ》の名前は？」と訊ねる。

しばらく経《た》ってから直は「与島賢二《よしまけんじ》」と答えた。

『お前なにしてんの？』

つい声を掛《か》けたのは、例のおかしな後輩がレンタルショップの裏で囲まれていたせいだ。

ここは俺の抜け道で、学校から駅までの通学路だ。ウサギに導かれて穴に落ちた某《ぼう》イギリス少女のように、一年前に鈴《すず》を着けた猫《ねこ》に導かれて歩いていたら、学校から駅までの最短ルートを発見した。が、どうやら知っていたのは俺だけではないらしい。

『清水……』

名前を呼ばれてから、取り囲んでる連中に見覚えがあると気付く。進学校には珍《めずら》しい素行不良ぶりで、結構目立っている奴らだ。しかも彼らの中心に立っているのは、奇《く》しくも俺のクラスメイトだ。名前は……、と考えたがすぐに出てこなかった。カササギ、カサウラ、カサニシ、いまいち確信が持てない。だけど間《ま》違《ちが》った名前を呼ぶのは失礼だろう。

『カサ……、そいつ……なんかしたの？』

声を掛けるとクラスメイトは少し呆れた顔をする。名字が上手く思い出せなくて誤魔化《ごまか》した事がばれたらしい。

カサなんとかは一見すると普《ふ》通《つう》の奴だ。両親揃《そろ》った円満な家庭で、進学校に通う金持ち息子《むすこ》。人生に不足はない筈《はず》だが、何故《なぜ》かいつも怒《いか》りで溢《あふ》れてる。もしかしたら真綿で包まれてるからこそ、刺激《しげき》を求めるのかもしれない。といっても〝何故カサ某《なにがし》は非行に走ったのか？〟なんて問題は彼に近い人間が考えるべき事で、俺が頭を悩《なや》ませるテーマじゃない。

『清水の知り合いか？　珍しいな、お前が口を出してくるの。気に入ってるのか？』

群れることに興味はない。だから当然カサ達とも関《かか》わらなかった。でも、今回は見過ごせない。恐らく後輩は俺の助けなんて必要としていないだろうが、それでも気になる。後輩の左手に、まだ包帯が巻かれているせいだろう。

『気に入ってる奴の左手駄目にするほど、性格歪《ゆが》んでねーよ』

俺の言葉に連中の視線が後輩の包帯に向かう。カサ以外の奴は俺と目が合わないように、お互《たが》い顔を合わせた。反抗《はんこう》しつつも、将来的には良い大学に受かって良い職を得たいと考えている彼らは、基本的には俺と関わることを恐れている。

彼らが絶対に踏《ふ》み越《こ》えない線を、俺がいとも簡単に踏み越えることを知っているからだ。

『ふーん、これお前がやったのか』

『俺とは仲良くねーけど、俺の友達が気に入ってるんだよ。連れて行っていいか？』

意味深な言い方をしたのは、俺と親しくしていると思われて、カサ達に狙《ねら》われないように。

それから俺に纏わり付いている噂《うわさ》を利用するためだ。ヤクザの使いっ走りだとか、高校生専門の売人《プッシャー》だとか、父親がム所帰りだとか。好き勝手に伝播《でんぱ》してる。もっとも、最後のに関しては本当だ。ただし注釈《ちゅうしゃく》を加えるなら、義理の父親だが。俺と母親を殴《なぐ》る、最悪の駄目男。ときどき無性《むしょう》に消したくなるが、母親が泣くので今のところ耐《た》えている。

『いいって言えよ』

返事をしない彼らを催促《さいそく》すると、カサの目配せで俺と後輩の間に立っていた男が退いた。

『どーも』

カサに礼を言う。カサの口元はにやついていた。敵意は特に感じない。

俺がカサに対して何の興味も持っていないように、カサも俺に対してそうなのだろう。学校という共有空間があっても、住む世界が違《ちが》うとお互い感じているようだ。

路地を抜けて駅前に出る。カサ達の目が届かなくなれば、どこかに行くだろうと思っていたが、後輩は付いてきた。俺がファストフード店に入ると一緒《いっしょ》に自動ドアをくぐり、俺がチーズバーガーとオレンジジュースを頼《たの》む横で、テリヤキバーガーとポテトとコーラを頼む。

先輩《せんぱい》より高いオーダーなんて、生意気だ。

螺旋《らせん》階段を上り、窓に面した席に座ると、後輩は横の椅子《いす》に座った。あまりに自然だったから、咎《とが》める気も失《う》せて「カサとなんかあるのか」と尋《たず》ねる。

自分でも珍しい事だった。普段《ふだん》なら他人に興味など覚えない。けれどこの後輩のことはなんとなく気になった。

『生意気だって言われただけです。誰にでも言われるので、慣れてます』

後輩は物珍しそうな顔で、早速《さっそく》ポテトを摘《つま》む。脂《あぶら》ぎったそれを勝手に一つ貰《もら》うと、「先輩」と声を掛けられる。

『先輩って、アンテナか何か付いてますか？』

『はぁ？』

意味が分からない。アンテナってなんだ、と横を見る。そして気付いた。髪《かみ》の隙間《すきま》から見える顔が驚《おどろ》く程、整っている事に。前髪《まえがみ》を上げてステージに上がっていたら、あの連中も顔だけは狙えなかったんじゃないかと思った。すっと通った鼻梁《びりょう》やすっきりとした目元。昔から凛《りん》とした顔立ちの女が好みだから、こいつが女だったら良かったのにと益体《やくたい》もない事を考える。

『妖気《ようき》感じると髪の毛が立つ人と同じで、先輩もトラブルを感知する能力があるのかと思って』

『人って、マンガの話だろ。それにお前の方がよっぽど妖気感じそうな髪型じゃねーかよ』

何もせずに髪の毛が立つ人間がいるとしたら、そいつが感じているのは妖気ではなく静電気だ。もしかしたらこいつは最近マスコミや教育機関の奴等《やつら》が警鐘《けいしょう》を鳴らしている〝現実と架空《かくう》の世界が区別できない〟人間の一人なんだろうか。一見社会に適応できているように見えて、実際は頭の中で妄想《もうそう》と現実が複雑に絡《から》み合っているんじゃないのか。

『俺が面倒《めんどう》な事になると必ず現れるので。正義のヒーローじゃないなら、残る可能性はストーカーしか……』

最後まで言わせる前に、ツッコミにしては強めに頭を叩《たた》く。

『痛いです』

痛みを感知するためのレセプターは正常らしい。

『高一が真顔で正義のヒーローって、オタクかよ』

『……俺は非難するつもりはありません。先輩が仮にスト……』

もう一発同じ場所を叩き、チーズバーガーに齧《かじ》り付く。随分《ずいぶん》前から味には飽《あ》きているが仕方ない。学校の食堂で飯を食うと、金がかかる。ファストフード店の方がまだ安い。

『全部冗談《じょうだん》だったんですが……』

もそもそテリヤキバーガーを包む紙を外した後輩《こうはい》は感情の伝わらない声で言った。

『真顔で詰《つ》まらないこと言われてもな。って、おい……垂れてる！　なんで包装紙を全部外したんだよ。お前、もしかして馬鹿《ばか》なの？』

『……すみません、初めて食べるので』

だらだらとソースを零《こぼ》す後輩に呆《あき》れると同時に、随分最初に会ったときと印象が違うと思った。最初に会ったときは、やけに堂々とした威圧《いあつ》感《かん》のある男だと思った。年下や十代には望めない冷静さと落ち着きを放っていた。二回目に会ったときは、得体の知れない男だと感じた。

俺のものではないピアスを口実に、一体どんな目的を持って会いに来たのかと警戒《けいかい》した。

しかしこうしてみると、ただ何も考えていなかった可能性が浮上《ふじょう》してくる。

『もうテリヤキは選びません』

後輩は不満げな顔で汚《よご》れた包帯を見ると、吹《ふ》っ切れたのか手をべたべたに汚しながらバーガーを食べ始めた。ジャンクフードを食べたことがないなんて、どこの金持ち息子だと呆れる。

俺なんて小学生のときはこれが主食だった。夕飯は主に牛丼《ぎゅうどん》とバーガーだった。

後輩はバーガーを食べきると、ダストボックスの横に備え付けてある手洗い機で手を洗って席に戻《もど》ってくる。当然汚れた包帯は外されていた。そのせいで赤く生々しい傷口が掌《てのひら》に盛り上がっているのが分かる。

何度か盗《ぬす》み見たが、後輩は一度もその手を動かさなかった。動かせないいんだろうか。

『おい、馬鹿』

『……馬鹿じゃありません』

目の前に広がる交差点を見下ろしながら、横の後輩を呼ぶ。

自分が呼ばれていると分かる辺り、多少自覚があるんじゃないのか。

『手は、もういいのかよ？』

後輩はしばらく答えなかった。コーラのストローを咥《くわ》えて、ごくごくと喉《のど》を動かす横顔を見る。相変わらず目は合わない。だけどその事に安堵《あんど》する。こいつの目は、視線が強すぎる。

薄暗《うすぐら》いフロアで正面から向き合ったとき、怯《ひる》みそうになった。

『心配ですか？　というよりも、怖《こわ》いですか？』

『は？』

『俺は、前から先輩のことを知ってました。校舎の隅《すみ》で一年を殴っていた姿を、見たことがあるので。あの時、気絶した一年を見て、先輩は青くなっていましたよね。この間、俺が刺《さ》された時も真っ青な顔していました。それに、先程《さきほど》からすごく俺の手を気にしてる』

『…………』

『人の体を傷つけるのが怖いんですか？』

『うるせーよ、馬鹿』

話しているのが、嫌《いや》になった。見知らぬ人間が部屋の中に入ってくるような、不安混じりの不快感を覚えて椅子から立ちあがると、手首を摑《つか》まれる。先程までコーラの紙コップを摑んでいたせいか、後輩の掌は驚く程に冷たい。

他人の生温《なまぬる》い体温が嫌《きら》いだった。湿《しめ》っていたり、かさついていると余計に。だから女とするときも、出来る限り体は触《ふ》れないようにしていた。背後から抱《だ》いて、事後はさっさと体を離《はな》す。絡みついてくる腕《うで》から逃《のが》れてシャワーを浴びるのが常だった。そんな態度を非難されたこともある。馴《な》れ合うのも触れ合うのも好きじゃないから、同じ相手とは二度としない。

僅《わず》かな接触《せっしょく》ならまだ我慢《がまん》できるが、数十秒に及《およ》べば振《ふ》り解《ほど》きたくなる。だけど今は、そんな気分にならなかった。俺に触れているのは、確かに他人の手なのに。

『馬鹿じゃなくて、寺國直です。清水祥央先輩』

摑んだ手はそのままに、後輩が名乗る。

『それから、さっきはありがとうございました』

放せという前に解放される。後輩は先程と同じように前を向いてコーラのストローに口を付ける。表情の読めない横顔を、俺はじっと見つめた。

やっぱり、こいつは少しおかしい。

勤めていた頃《ころ》によく利用していた店で、定番だったランチプレートを頼む。それが運ばれてくるのと同時に、向かいに座る元同僚《どうりょう》が口を開いた。

「祥央さんがいなくなって、店長が客を引き継《つ》いだじゃないですか。でもやっぱり、店長じゃ駄目《だめ》らしくて、結局客が他《ほか》の店に流れてるんですよね。ってか、よく祥央さんの次の店聞かれるんですけど、今どこにいるんですか？」

元同僚から電話が掛《か》かってきたのは数日前だった。

スタッフルームにあった忘れ物を渡《わた》す序《つい》でに話がしたいと言われて、面倒だったが店の近くで昼食を一緒にとることになった。昼食と言っても、もうすでに午後二時だ。もっとも俺が働いていた頃は、店が混《こ》むと飯抜《ぬ》きになることもざらにあった。

俺は目の前にあるナシゴレンの目玉焼きの黄身を崩《くず》す。それをフォークで味の濃《こ》い炒飯《いためし》と混ぜながら、元同僚の愚痴《ぐち》を聞いた。

「まだ決めてない」

「そうなんすか？　フリーになるか開業するんじゃないかって、噂《うわさ》も出てたんですけど」

探《さぐ》りを入れて来いとでも言われたのか、執拗《しつよう》に近況《きんきょう》を知りたがる元同僚に辟易《へきえき》しながら「少し休んでから決める」と答えた。中学時代から生活費のために働いてきたから、少し休みたい。しかし休んだからといって、どこかに旅行に行く気も起きない。もともとそれほどアクティブな質《たち》でもないんだ。とりあえず、一月だけ直の近くでこのだらけた生活を満喫《まんきつ》したい。

「ふらふらしてて金とか平気なんですか？」

「やばいから、ここ割り勘《かん》な」

そう言うと元同僚は「しまった」と顔を顰《しか》めて見せた。

「冗談だよ」

わざわざ俺の忘れ物を持って来てくれたんだから奢《おご》ってやると言うと、あからさまにほっとした顔で「ごちです」と笑う。

「俺も雑誌とかテレビの仕事したいんですよね。コンテストにも出たいし」

まだシャンプーとワインディング係の元同僚の言葉に「そう面白《おもしろ》いものじゃねーよ」と返す。

俺はサロンワークの方が楽しい。メディアが関《かか》わる仕事は、色々と面倒な事が多いから好きじゃない。モデルだけでなく、カメラマンやクライアントの要望をいちいち聞くのが煩《わずら》わしかった記憶《きおく》しかない。店長が俺の客の予約を無視して、その手の仕事を取ってくるのも嫌だった。

結局客には俺が電話で謝罪して、予約をずらす羽目になった。

「祥央さんは店で仕事するのが好きでしたもんね。そういえばあの客も、祥央さんの次の仕事先教えて欲しいって、言ってましたよ」

「あの客って?」

「ほら、メガネが〝この髪型《スタイル》はあなたのような体型《スタイル》の人には似合わない〟って言った時の客ですよ。祥央さんの事は色んな客に聞かれましたけど、一番しつこいのはあの人ですね」

あの日、俺はいつも通り店で仕事をする予定だったが、急遽《きゅうきょ》来て欲しいと近くのスタジオから電話が入った。それを勝手に店長が引き受け、俺の予約客を陰《かげ》でメガネと渾名《あだな》されている先輩が担当することになった。

その客が指定したスタイルは個性的で、髪《かみ》以外のパーツが整っていないと似合わないデザインだった。だから仮に俺が担当したとしても、客に対してデメリットは予め《あらかじ》伝えただろう。その上で他のスタイルを薦《すす》めたかもしれない。けれど万が一にも「体型が」なんて言わなかった。しが俺の客に対して八つ当たりをしたのか、それともただ無神経なだけかは知らない。しかし周囲の客がくすくすと笑い声をあげ、貶《けな》された客が真っ赤になって俯《うつむ》くと、さすがに先輩もフォローに回った。

『こちらの髪型は如何でしょう。お顔のサイドが隠《かく》れる形になるので、小顔に見えますよ』

そう言って先輩が開いて見せた雑誌のスタイル見本に視線も向けず、客が店を出ようと椅子《いす》を離れた時に、俺はスタジオに行くのを止《や》めて泣きそうな顔の彼女をもう一度席まで案内した。

『毎日ブローに時間がかかると思うけど、いい?』

彼女が戸惑《とまど》いながら頷《うなず》くのを待ってから、指定されたスタイルに髪をカットする。頭の形も髪質も違《ちが》うので、完璧《かんぺき》に同じという訳にはいかない。けれどそれでも似合うように仕上げるのがプロだ。ブローにはいつも以上に時間をかけて、自分で再現する時のコツを伝授する。そうやって完成した髪型を見て、客は満足げな表情で次回の予約を入れると店を出ていった。

結局スタジオからの依頼《いらい》は断る事になり、店長からきつく叱《しか》られた。しかし俺はメディアの仕事や一部の客を贔屓《ひいき》して優先するやり方が嫌いだったから、今後も自分の姿勢は変える気はないと伝えた。その数日後メガネからの進言もあり、店長は俺を解雇《かいこ》することに決めた。

「俺より上手《うま》い連中はたくさんいるから、すぐに他のを探すだろ」

食事を終えて、忘れ物だと渡された帽子《ぼうし》を手に、店を出る。別れるときに「今度客として店に来てくださいよ。店長も喜ぶと思うんで」と言われたが、俺は「ないだろ」と答えた。元同僚は苦笑《くしよう》すると、軽く手を挙げて店の方に向かっていく。

一人になると、つい直と昨日の男の事を考えてしまうから、出来るだけ他の事に意識を集中させようとした。

夏物の帽子を被《かぶ》って駅に向かう道を歩いていると、別のサロンが目に入る。あまり意識したことはないが、かつてのライバル店だ。ガラスには金泥《きんでい》で店名が書かれていた。フランス語だかイタリア語だか分からないが、馴染みのない単語の向こうにある店内を見るとも無しに眺《なが》める。王子と結婚《けっこん》した後の白雪姫《ひめ》やシンデレラが使ってそうな、装飾《そうしょく》過多な鏡や椅子、重そうなソファ。ふと入り口付近に「従業員募集《ぼしゅう》」と書かれた張り紙があることに気付く。

資格条件につい視線を走らせて自分が弾《はじ》かれない事を確認《かくにん》したが、まさかこんな近場で再就職するつもりはない。視線を逸《そ》らして駅まで戻《もど》った。

素直《すなお》に家に帰る気にはならずに、駅前にある雀荘《じゃんそう》で時間を潰《つぶ》す。こんな時間に麻雀《マージャン》をやるなんて、ろくな連中じゃないと思いながらも、見知らぬメンツで卓《たく》を囲んだ。貧相な上がりを何度か繰《く》り返した後で、夕食の材料を買って家に帰ると、ちょうど直も帰宅していた。

「今日は早かったんだな」

「依頼人の都合で面談が夜になったので」

「何時頃《ごろ》？」

「二十三時に約束しています」

弁護士って言うのはそんな時間まで動いてくれるものなのかと、驚《おどろ》く。

食事を一緒に取った後で、依頼人に会いに行く直を駅まで見送りに出掛ける。そのまま家に帰ると延々と直と与島の事を考えてしまいそうだったから、飲み屋に行った。

本当は雄太でも呼び出して昨日の一件を話したかったが、あいつは今頃自分の中のプライドと闘《たたか》いながら客に酌《しゃく》をしているところだろう。

「もしかして俺、直と雄太以外に親しいやつがいねーのか」

久々の酒に心地《ここち》よい気分で家に帰ったところでその事に気付く。これじゃ直の社交性の無さを馬鹿《ばか》にできない。嫌《いや》な事実に気付いてしまった。

気分転換《てんかん》する意味も込めて、浴槽《よくそう》にお湯を溜《た》めて浴室に入る。

湯船に浸《つ》かっていたところまでは覚えているが、どうやら記憶が飛んでいるらしく、目を開けたらいきなり視界に直の顔が入ってくる。

「直……？」

夢現《ゆめうつつ》に手を伸《の》ばして頬《ほお》に触《ふ》れた。端整《たんせい》な顔を見つめながら、いつもより近い距離《きょり》が嬉《うれ》しくなる。夢かな、と思いながら見つめていると「先輩」と呼ばれる。

「ん？」

肌寒《はださむ》さを感じて自分が裸《はだか》だと気付いた。

寝《ね》ているのが布団《ふとん》の上で、直が覆《おお》い被《かぶ》さるように俺の上にいるということにも。

夢じゃないと、すっかり見慣れてしまった天井《てんじょう》を見て分かった。

はっとして半開きだった目を見開いて、直の頬から手を離《はな》す。

「っ、お前、何……っ」

別れた時と同じくスーツ姿の直は、俺の髪をゆるく掻《か》き上げた。

「起きたんですか？　ああ、もしかして何か勘違《かんちが》いしてますか？」

無意識に布団に肘《ひじ》を突《つ》いて、直から離れようとしていた姿を見て、俺が考えていた事が伝わってしまったらしい。よくよく見れば直の手には、俺が寝着《しんぎ》に使っている黒いジャージがある。

「裸のまま脱衣所《だつい》で寝るのは今後やめてください。起きるなら運ぶときに起きて欲しかったです」

「あ、そう」

自分の馬鹿げた考えが、若干《じゃっかん》願望の混じった妄想《もうそう》だと分かり、急に恥《は》ずかしくなった。

「俺に何かされると思ったんですか？」

直に聞かれて、顔に血が上る。言い訳をしようにも、先程《さきほど》までのあからさまな反応を見られた以上、上手く誤魔化《ごまか》せる気がしない。馬鹿みたいな期待をした。戸惑いながらも喜んでしまった事を、悟《さと》られなかっただろうかと怖《こわ》くなる。

そんなことを考えていると、すっと直の冷たい指先が腕《うで》に触れた。

「ここの傷、どうしたんですか？」

「な、にが？」

指先に視線を落とすと色素が沈着《ちんちゃく》してしまった切り傷の痕《あと》が目に入る。自分ではほとんど意識したことがないので、何時《いつ》どういう経緯《けいい》で付けたものなのか覚えていない。

「先輩の体って、どこにでも傷がありますよね」

傷が一番酷《ひど》いのは背中だ。寝ている間に蹴《け》られたり殴《なぐ》られたり、母親を庇《かば》ったときにつけられたものも幾つかある。以前直に背中を見られた時は、さすがに引かれた。

あれ以来、俺はあまり直の前で肌《はだ》を見せないようにしている。もっともTシャツを着ていれば大抵《たいてい》の傷は隠せるから、普段《ふだん》はそれほど気にしていない。

「この傷、もしかして先輩《せんぱい》が轢《ひ》かれかけたときのやつですか？」

直の指先が脇腹《わきばら》に移る。高校三年の時、やたらとたくさん事故にあっていた頃《ころ》に、バイクと接触《せっしょく》して植え込みの中に撥《は》ね飛ばされた。その時に枯《か》れた木の枝で肌を引っ掻いたのだ。出血は少なく、皮膚《ひふ》を軽く裂《さ》いた程度だったが、痕だけが大袈裟《おおげさ》に残ってしまった。

「そうだけど、触《さわ》るなよ」

なんでこんな風に触るんだよ、と優《やさ》しく傷を辿《たど》る指先を恨《うら》めしく思う。裸の体を見られていることに対して、言いようのない羞恥《しゅうち》を覚えた。

「おい、直」

直は脇腹から掌《てのひら》でゆっくりと膝《ひざ》の辺りまで足の外側を撫《な》で上げる。反射的にびくっと震《ふる》えた俺を見て、「先輩、俺に怯《おび》えてるんですか？」といつもと同じ声音《こわね》で口にする。

半ば無意識にシーツを握《にぎ》りしめて俯いた。直が何を考えてるのか、声だけじゃ判断できなかった。だけど顔を見る勇気はない。

そうこうしているうちに掌は再び剝《む》き出しの横腹を通り、胸の真ん中まで這《は》い上がって来る。

「う……」

思わず小さな声が漏《も》れると、直はそんな俺を見て少し笑った。直が笑うなんて、珍《めずら》しい。だけどなんでそんなに寂《さび》しげに笑うんだと、こんな場面なのにそんなことが気に掛《か》かった。

「先輩」

「な、なん、だよ」

呼ばれただけで妙《みょう》な気分になる。

「嫌なら抵抗《ていこう》してください。何で耐《た》えてるんですか」

直は拍子抜《ひょうしぬ》けする程あっさり手を離すと、ばさりとジャージを俺の横に投げた。

「心配しなくても、先輩には手を出しません。俺……女みたいな顔の奴《やつ》が好きなんで」

その言葉が胸に風穴を開けた。直に恋人《こいびと》が居たと知った時以上の衝撃《しょうげき》だったが、平静を装う。

僅《わず》かな期待が、その分大きな哀《かな》しみを伴《ともな》って戻ってくる。

「なんだ、それ。女みたいな顔の奴が好きなら、相手は女でいいだろ」

馬鹿にするように言いながら、与島という名前の男の事を思い出す。確かに男にしては整った綺麗《きれい》な顔をしていた。ああいうのを「女みたいな顔」というなら、確かに俺とは真逆だ。

「好みが自分の思い通りになったら苦労しません」

確かにそうだ。好きになる相手を選べるなら、俺だって直を選ばない。そしたらこんな風に、こいつの言葉や態度で傷ついたりしなかった。この感情がなければ、仮に直がゲイだと知っても、無駄《むだ》に期待したりせずに済んだだろう。

目を伏《ふ》せた直の顔が辛《つら》そうに見えて、胸が痛む。誰《だれ》がお前にそんな顔をさせてるんだと、怒《いか》りに似た想《おも》いが胸の内側で燻《くすぶ》る。

「やっぱり、まだ未練があるのか？　あの男に」

直は俺の疑問にゆっくりと瞬《まばた》きをしてから「違《ちが》います」と、やけにはっきり答えた。

「からかってすみませんでした。服、自分でちゃんと着てください。それから明日の昼、休《きゅ》憩《うけい》の時間に一度家に戻りますから起きていてください」

これ以上話をするのを避《さ》けるように、直は隣《となり》の部屋に消える。閉められた襖《ふすま》を見ながら、俺はしばらく布団の上で、直が触れた皮膚の上を見つめた。

だけどいくら眺《なが》めてみても、女みたいな体には見えない。溜息を吐《つ》く代わりに裸のまま布団に入りこんで、先程の手の感触《かんしょく》を頭の中から追い出すようにきつく目を瞑《つぶ》った。


『悪い、寝てた』

そう謝って知らぬうちに寄りかかっていた肩《かた》から離れる。

眩《まぶ》しい電車の中は、いつの間にか人気が消えている。一瞬《いっしゅん》、現状を把握《はあく》できなかった。手首を見てようやくフェスの帰りだと気付く。通行証代わりのリストバンドがまだ嵌《は》めてある。それに膝が疲《つか》れていた。歩きすぎた上に揺《ゆ》れすぎたみたいだ。

明日は補習があるが、学校に行く気がしない。恐《おそ》らくさぼる羽目になるだろう。成績には問題ないが、出席日数が足りないせいで夏休みに補習を入れられた。だけど、一日ぐらいならさぼっても問題ないだろう。それにどうしても卒業したいわけでもない。

『清水先輩はいつも寝てますから』

直は文庫本に目を落とした。俺が寝ている間も、そうやって読書をしていたらしい。俺がいつも寝てるなら、こいつはいつも読んでいる。

俺が直の前で寝てしまうのは、逆に他《ほか》の連中の前では眠《ねむ》れないからだ。一人で眠るのもあまり得意じゃない。ベッドでセックスをした後、どんなに疲れていても目が冴《さ》えてしまう。人前で眠るのが怖いんだ。だけど何故《なぜ》かこいつの前では眠れる。

『で、ここどこ？』

車窓の景色には見覚えがない。夜だから余計に場所が特定できなかった。寝起《ねお》きの頭でいつ寝たのか思い出そうとしたが、シートに座った記憶《きおく》すらない。

ぼんやりしていると、電車が停《と》まる。直が答える前にスピーカーから「終点、音平、音平駅です」と車掌《しゃしょう》の声が流れ、同時にドアが開く。

『は？　終点？』

驚《おどろ》いて傍《かたわ》らの直を見る。直は文庫本をメッセンジャーバッグに仕舞《しま》う。

『降りますよ』

『なんで起こさないんだよ！』

起きていたのに、何故十駅以上も乗り過ごしたんだと、信じられない気持ちで直の後に続く。ホームには、俺達と同じ電車に乗っていた乗客がぱらぱらと降り立つ。寂《さび》れた駅だった。駅舎には疲れた顔の駅員が一人いるだけだ。思わず、改札に向かう直の服を掴《つか》む。

『おい、どこに行くんだよ』

『始発まで駅の中で待つのは無理ですから』

『は!?』

顔を上げて、構内の時計を確認する。映し出されている時刻は日付をとっくに跨《また》いでいた。

『終電だったのかよ!』

余計になんで、起こさなかったんだ。

仕方なく超過《ちょうか》料金を払《はら》って、相変わらず変わり者の後輩《こうはい》に付いて駅を出る。

駅前にはビジネスホテルの看板が出ていた。カラオケかファミレスで時間を潰《つぶ》そうと思っていたが、直は看板に書かれた番号に電話をかける。空き部屋があることを確認《かくにん》すると、ここから見えるビジネスホテルに向かって歩き出した。

『ホテルに泊《と》まるのかよ。俺、金ないけど』

『俺はホテルを使いますけど、先輩は好きにしてください』

『……おい』

『金ないんでしょう?』

誰のせいだよ。お前が起こしてれば余計な切符代も払わなくて済んだし、今頃《いまごろ》はなんの問題もなく家に着いていた。しかし、その手の文句を口にすれば「寝《ね》てたのは俺ではなく先輩です」と正論をぶつけられるのは知っている。

『分かった。まずお前が先にフロントに行け。それで部屋に着いたら、番号を教えろ』

そうすれば一人分の料金で泊まれる。一つのベッドに寝るか、もしくは俺が椅子《いす》かソファで眠ればいい。

『せこいです』

『今日は新潟まで行ったんだ。俺もベッドで寝たいんだよ。金ないけどな』

いかにも田舎《いなか》の流行《はや》っていないビジネスホテルの前まで来ると、打ち合わせ通り俺は外で待った。エントランス横の自動販売機《じどうはんばいき》の横でじっと物陰に同化していると、直から電話が入る。フロントに怪《あや》しまれないように、出来るだけさりげなくホテルに入ってエレベーターに乗った。

教えられた部屋のドアを開ける。

するとベッドが二つ目に入った。近い方のベッドに直が腰掛《こしか》けている。

『シングルじゃなかったのかよ』

何のためにばらけて入ったんだ、と直を睨《にら》み付ける。こんなことならラブホを選べばよかった。駅前の看板には休憩千五百円、宿泊《しゅくはく》五千円から、と出ていた。さすが田舎価格だ。

『……俺が出しますよ』

『いいよ。後で払う。けど今は手持ちがないから貸して置いてくれ』

返せるのは来月のバイト代が入ってからだな、と思いながらベッドに飛び込む。

そういえば直はルールを破るのがあまり好きなタイプじゃない。嗜好品《しこう》も、交通法規も、校則《ひ》も比較的《かくてき》守ってる。破る度胸がないんじゃない。それは一年近くこいつと付き合ってるから知っている。

『直、ビール』

手を伸《の》ばすと、直が呆《あき》れた顔で冷蔵庫からビールを取り出す。最近ようやくこいつの表情の変化が分かるようになってきた。

直は俺にビールを渡《わた》そうとして、僅か少し先でそれを落とした。左手だった。

直は「すいません」と口にしてからビールを拾う。

ときどき、直は左手で取ったものを落とす。あの時の後遺症《こういしょう》で、力加減を誤るらしい。

『直』

何か言いかけた俺の前で直はすぐに新しいビールを冷蔵庫から取り出して、何事も無かったようにバスルームに消える。その横顔が、左手の話題を避けているように見えた。

結局ビールは飲む気になれずに、俺はベッドに横たわったまま、シャワーの水音を聞いているうちに眠ってしまった。

仕事の昼休みに家に帰ってきた直に連れて行かれたのは、海外ブランドの店だった。

「お前のスーツでもいいのに」

フィッティングルームの中で、店員が選んだシャツのボタンを留めながらそう口にする。肌《はだ》触《ざわ》りの良い生地《きじ》だが、価格もそれなりだ。ジャケットを羽織りながら腕《うで》を軽く曲げ伸ばしする。伸縮《しんしゅく》性のある生地が体に馴染《なじ》んで、着心地《きごこち》は悪くない。

「一着ぐらい持っていてもいいと思います」

扉越《とびらご》しに直の声が聞こえてくる。

「でも就活用じゃないよな、このデザインは」

というよりもこの店に就活に使えそうな、地味と真面目《まじめ》だけが取り柄《え》の服なんて置いてない。そもそもイタリア系ブランドにそれを求めるのは間違《まちが》っている。

着替《きが》えてフィッティングルームから出ると、店内のソファに座っていた直は「このまま買います」と傍らの店員に告げる。

「おい」

スーツとシャツのトータルは、俺の一月分の生活費を超えていた。いくら貯金があるとはいえ、失業中の身であまり着る機会のないスーツにそれほど金を掛《か》ける気にはならない。スーツなんて大量生産品で充分《じゅうぶん》だ。

慌《あわ》てる俺を余所《よそ》に直は自分のカードを店員に渡す。

「俺はお前の愛人じゃねーぞ」

「スーツの代金はちゃんと後で頂きます」

直はそう言うと差し出された紙に躊躇《ためら》いもなくサインした。左の袖《そで》に付けられたボタンが、取れ掛かっているのが目に入る。俺よりも直の方がスーツを新調すべきだ。今着ている地味なスーツを店頭にあったモデルに替《か》えれば、ずっと顔の良さが引き立つ。

――いや、そう考えると今のままでいい。直の良さは俺だけが知ってればいい。

「で、一体この格好でどこに連れて行くつもりなんだよ」

「うちの事務所です。言いませんでしたか？」

「何にも聞いてない。大体なんでお前の事務所に行かなきゃならねーの？」

「受け付け兼《けん》事務員だった女性が辞《や》めたので、先輩《せんぱい》にはその仕事をお願いしたいんです。次の仕事が見つかるまでの繋《つな》ぎだと思ってください」

「…………相っ変わらず、お前って大事なことを前もって言わないよな」

高校の時もそうだったし、大学の時もそうだった。弁護士になったときだって、何も言わなかった。久し振《ぶ》りに会ったときに胸元《むなもと》にバッジがあるのを見て、俺が「それ何？」と聞いて初めて司法修習が終わり、同時に試験に合格したと知ったのだ。

「俺に務まるとは思えねーよ。お前俺がどんな人間か知ってるのか？　年金の手紙すらろくに読まない男だぞ？　契約書《けいやく》とか取説《とりせつ》を目にだけで、目眩《めまい》と頭痛がするんだ」

「リハビリする良い機会じゃないですか。先輩は肝心《かんじん》なところは馬鹿《ばか》ですけど、基本的に頭は良いから大丈夫《だいじょうぶ》ですよ。臨時のアルバイトにそれほど難しい仕事はふりませんから」

晦渋《かいじゅう》な法律書を理解できる脳味噌《のうみそ》を持つ直は、軽く請《う》け合った。俺と直じゃ「難しい」の認識に大きな隔《へだ》たりがあるということを、いい加減分かって欲しい。

「馬鹿ってなんだよ。お前、最近前にも増して生意気になってるだろ。それに俺は、誰《だれ》にでも出来るような仕事がいいって言っただろ？」

「誰にでも出来る仕事なんて、厳密には一つもありません。それから年金保険料の納付通知は確認した方が良いです。たまに間違ってますから」

そう言って、愚図る俺を引っ立てる。

「俺、法律なんて刑法《けいほう》二〇八条と二〇四条しか知らねーけど」

直は「その二つは忘れて頂いて構いません」と言ってから、「先輩はやればできる子だって信じてます」と付け加えた。

結局事務所のあるビルの前まで連れて来られて、汚《よご》れた灰色の壁《かべ》を見上げる。どうせこの髪《かみ》の色では雇《やと》い主側に拒否《きょひ》られると思いながら、小さなエレベーターの横にある細い階段を上った。

事務所の入り口のドアにはモザイクガラスがはめ殺しになっている。そのガラスの部分には和喜《わき》弁護士事務所と書かれていた。

「戻《もど》りました」

そう言って直がドアを開けると、意外と中は広い。床《ゆか》から天井《てんじょう》までをパーティションで仕切られた面談室の間の通路を抜《ぬ》けると、奥にデスクやキャビネットが置かれた事務所がある。窓を背にした大きなデスクでは五十代半ばと思《おぼ》しき少し太めの男と、同じ体型の女が並んで弁当を食べていた。

「所長、連れてきました」

直がそう言うと、二人同時に顔を上げる。

「高校時代の先輩で、清水祥央さんです」

そう言って直が俺に視線を向けたので、俺は「清水祥央です」と軽く頭を下げた。

男はケチャップの付いた口元を弁当の横にあったティッシュで拭《ぬぐ》ってから立ちあがり、笑顔《えがお》で「弁護士で所長の和喜幸夫《ゆきお》です」と口にして、ぺこぺこと小さなお辞儀《じぎ》を二、三度した。

「弁護士で副所長の和喜香子《かおるこ》です」

女も立ちあがってにっこりと微笑《ほほえ》む。優《やさ》しいが貫禄《かんろく》のある笑みだった。名字と名前の相性《あいしょう》や二人の雰囲気《ふんいき》からして、恐《おそ》らく副所長は所長の妻なのだろう。

「ごめんなさい、急な面談が入っちゃったからあと二十分したら出ないといけないの。必要な事は寺國君から説明して貰《もら》っても良いかしら」

「分かりました」

「清水君、明日からよろしくね」

笑顔を浮かべる副所長に拍子抜《ひょうしぬ》けしつつも、反射的に「よろしくお願いします」と頭を下げる。履歴《りれき》書も面接もなく仕事が決まった事に驚《おどろ》きながらも、案内されたデスクに向かう。

デスクは女性が使っていたということもあってか、整然としていた。カラフルなマグネットやペンはそのまま残っていて、椅子《いす》にはピンクのクッションが置かれたままになっている。

直は本当に必要最低限の事を説明した後で、横にいた新人だという弁護士を紹介《しょうかい》すると「俺もこれから面談なので」と口にした。俺が質問を挟む余地もなくちょうど事務所を訪《おとず》れた依頼《いらい》人と思しき若い女と、面談室に行ってしまう。

「清水さんってぇ、もしかして寺國と同じ高校ですかぁ？」

不意にそれまで無人だと思っていたデスクから甘ったるい声が掛かる。振《ふ》り返ると、書類に埋《う》もれたデスクから女が顔を覗かせていた。明るい色の髪と、開いた胸元。耳や首はアクセサリーで飾《かざ》られている。零《こぼ》れそうな大きな目は人工的な色で派手に縁取《ふちど》られていた。胸元にあるバッジが見えなければ、彼女が弁護士だとは分からなかっただろう。

「そうですけど」

俺が答えると、女と新人弁護士が顔を見合わせてくすりと笑った。一体なんだと二人の反応に首を傾《かし》げる。

「もしかして美容師さんですかぁ？」

「少し前までは」

そう答えると二人は「やっぱり」「想像とちょっと違《ちが》うけど」と笑い合う。

「なんですか？」

思わずそう訊《たず》ねると、新人弁護士の方が「寺國さんは自分の話は滅多《めった》にしないんですけど、たまに〝先輩〟の話はするんですよ」と口にする。

直が俺のことを職場で話しているなんて、意外だった。

「そうそう。だからきっと、私たち清水さんのことなら結構詳《くわ》しいかもぉ。美容師のお仕事探しているのに来てくれてありがとうございますぅ。事務がいなかったから助かります」

「こちらこそ、何も知らない素人《しろうと》ですけど宜《よろ》しくお願いします」

「あ、敬語とかいいですよぉ。私、寺國と同期だし」

「俺にもいりません。俺、年下ですから」

「でも、俺はただのバイトですから」

美容院は服装にはゆるいが、従業員間の上下関係は徹底《てってい》されていた。男ばかりだったから、自然と体育会系ののりになってしまったのかもしれない。けれどここだってお堅《かた》い弁護士事務所なんだから、そのあたりはしっかりして置いた方がいいだろう。

「そういう意外と真面目《まじめ》なところが寺國のツボなのかもぉ。あ、自己紹介が遅《おく》れてすみません。私、草田《くさだ》っていいますぅ。多重債務《さいむ》の整理とかもやっててぇ、怖《こわ》いお兄さん達からの電話は大抵《てぃ》私宛《あて》なんで、無視して切っちゃってくださいね」

草田はそう言うと「もっと話したいけどぉ～、市役所行かなきゃだからぁ」と言って重そうな鞄《かばん》を持って事務所を出ていく。俺は新人弁護士から電話応対の仕方とコピー機の使い方、裁判所と弁護士会の場所を教えられた。使いに行くことが良くあるらしい。

「後は特にないですかね。給料とか勤務時間とかは明日所長から話があると思いますし」

「前の方はどうして辞められたんですか？」

そう訊ねると、新人弁護士は唇《くちびる》をむずむずと動かした。

「あー…それは、そのー……」

視線を室内に漂《ただよ》わせ、誰も傍《そば》にいないのを改めて確認《かくにん》してからこそっと落とした声で「寺國さんから何も聞いてないですか？」と口にする。

首を振ると、新人弁護士は「いいのかなー、言っても」と迷う素振《そぶ》りを見せながらも、楽しそうな口調で「もともと結婚《けっこん》願望の強い人で、前は別の弁護士に夢中だったんですけど、その人が辞《や》めてから急に寺國さんに矛先《ほこさき》を変えちゃって。でも寺國さん全然眼中にないみたいだったのに、その人がみんなの前で告ったんですよね」と言った。

「みんなの前で？」

「人前で女が男に告白したら、男は断りづらいっていう打算があったからかもしれませんね」

「直にそういう手は使えないと思いますけど」

人の目がどうとか、相手に恥《はじ》を掻《か》かせるのが悪いとか、そういう概念《がいねん》は直にはない。

「やー……まさにそうなんですよ。寺國さんが躊躇《ためら》いもせずにすっぱり断った翌日から、風邪《かぜ》で休んでそのまま。美人だったから、かなり自分に自信があったみたいで、だから余計にショックだったようですよ。荷物とかも寺國さんが公判でいないときに纏《まと》めてましたし……」

高校時代から女が周りをうろうろしていたのは知っていたが、直は相手にしなかった。寄ってくるのは派手で自己主張の激しい女ばかりだったが、恐らく直はそういうのが好きじゃないんだろう。それに直の気持ちは今、与島という男に向けられている。

「あいつ、もてるんですか？」

「かなり。依頼人には親身だし、顔も結構良いじゃないですか。あと度胸もあるんですよね。DVが原因の離婚訴訟《りこんそしょう》で、依頼人の夫が包丁持ってかちこんで来たときなんか、素手《すで》で取り押さえてましたね。お陰《かげ》で訴訟は有利になったんですが、依頼人が寺國さんに惚《ほ》れちゃって」

目に浮《う》かぶようだ。女は直が素っ気なくなればなるほど、追い掛《か》ける。けれどどんなに追い掛けても、直が女を振り返ることはない。

「未《いま》だにお歳暮とお中元は高めのギフトが届きますよ。でも本人はなんか好きな人がいるみたいで、その人以外と付き合う気ないって前に……」

「何の話をしてるんだ？」

直の声が聞こえて、ぎくりと新人弁護士が固まる。

「初めて弁護を担当する裁判が迫《せま》ってるのに、俺の話なんかしていていいのか？」

「あー、そー……っすよねー……」

新人弁護士は顔を強張《こわば》らせると、自分のデスクに戻っていく。

直が自分の後輩《こうはい》と話している姿を見たのは初めてだ。もっと素っ気ない話し方をすると思っていたが、今の口調には温かみがあった。からかうような声音《こわね》に近い。もっとも、俺以外の人間がそれに気付けるかどうかは定《さだ》かじゃないけど。

一緒《いっしょ》の職場になるというのは、今まで俺が知らなかった直の時間を共有することになるのだと気付く。そう思ったら、急に明日からの勤務が楽しみになった。

「所長と副所長の戻りは遅《おそ》くなると思うので、待たなくて大丈夫《だいじょうぶ》です」

まだ事務所に残っている俺が、二人の帰りを待っていると思ったらしい。

実際は直を待っていたのだが、キャビネットから資料を取り出してデスクに戻る後ろ姿を見る限り、今日は定時で上がれないようだ。

俺は先程《さきほど》まで話していた新人弁護士に挨拶《あいさつ》してから、事務所を出る。

それから帰り道で、安くても見栄《みば》えのするスーツを他《ほか》に一着と、シャツを何枚か購入《こうにゅう》した。

もう前の店にはうんざりしていたし、他の店を探す気力もなかったのに、別の仕事をすると決まったら、急に過去が輝《かがや》いたように思えた。

「直の髪《かみ》だけ切れれば、別にそれでいいよな」

口に出した言葉は言い聞かせるような響《ひび》きを持っていた。

家に帰って貧相なドアを見つめると、ふと与島のことを思い出す。彼が直の「好きな人」だったんだろうかと考えたら、変哲《へんてつ》もない銀色のドアノブに伸《の》ばした指が止まる。

俺は本当に、彼の代わりにこのドアを開ける資格があるんだろうかと、詮無《せんな》い事を考えてしまう。そういえば昔、似たようなことを一度考えた事があった。


高校の卒業式に出る気は元々無かった。

学校自体に愛着はないし、体育館でどこかの偉《えら》い人の話を聞きたい気分でもない。だけど前日になって直が「卒業式の日、時間作って貰えますか?」と言ったせいで、わざわざ正装して登校した。学校にいるのに卒業式に出ない訳にはいかない。

一人一人に証書を手渡《てわた》すせいで、卒業式はやたらと長かった。泣き出す運動部の連中を横目に、直は俺にどんな話があるのかと、そればかり考えていた。

最後のホームルームが終わり、女子生徒が担任と写真撮影《さつえい》をしているのを横目に教室を出る。

直との約束の時間までは一時間程度あったが、先にいつもの場所に向かう事にした。非常階段で、ぼんやりと待つ。風は冷たかったが、動く気にはならない。目を閉じて壁《かべ》に寄りかかると、いつの間にか眠《ねむ》りに落ちていた。目が覚めたのは辺りが薄暗《うすぐら》くなってからだった。

約束の時間はとっくに過ぎているはずだ。直は来なかったのかと不安になった瞬間《しゅんかん》、本を閉じる音が聞こえる。振《ふ》り向くと、無愛想な後輩が文庫本を片手に座っていた。その姿に気付くと同時に、見慣れたウィンドーペーン柄《がら》のトレンチコートが自分の肩《かた》から落ちるのが分かる。

『お前……起こせよ。制服姿でいつまでもここにいたら風邪《かぜ》引くだろ』

『コートとマフラーがあれば大丈夫だと思いますが』

俺の話じゃなくてお前の話だよ、と言いかけたが止《や》めた。意思の疎通《そつう》がうまくいかないのは今に始まった事じゃない。コートと同じくウールで出来た温かいマフラーを外して直に返す。

不意に直の指が頬《ほお》に伸びた。そこに赤紫《あかむらさき》の痣《あざ》があるのは知っている。

『どうしたんですか？　これ』

『昨日、他校の奴等《やつら》と揉《も》めた』

その痣は昨夜、四十代半ばのアル中男から付けられたものだが、そんな事を正直に話すつもりはない。家で自分がサンドバッグになっていることは、誰《だれ》にも知られたくない。

『先輩って、いつも体中痣だらけですよね。マゾなんですか？』

『周りにサディストが多いだけだ』

『義理の父親とか？』

思わずその顔を見返す。小学生の時からそういう噂《うわさ》は俺に付き纏《まと》っていたから、俺と同じ学校だった奴から情報が伝わったとしても不思議じゃない。もしかしたら前から知っていたのかもしれないが、直は馬鹿《ばか》じゃないから今まで口にしたりしなかった。その話題が俺の中のアドレナリンを増幅《ぞうふく》させて、突発《とっぱつ》的な暴力の引き金になることぐらい、分かっているはずだ。知っていてわざと、指摘したんだろう。

『話ってそれ？』

俺の質問に、直は「違《ちが》いますけど」と言った後で「俺、先輩が殴《なぐ》られるの好きじゃないんですよね。痣も、見たくない」と口にする。

『なんで？』

『俺はサディストじゃないですから』

不機嫌《ふきげん》な顔の後輩に、「さっさと本題に入れよ」と促《うなが》す。卒業式にしたい話題じゃない。

直とこうして会うのも最後なんだから、もっと他の事を話したかった。だからといって、最後に相応《ふさわ》しい会話なんて俺も分からない。今生の別れというわけじゃないが、学校を卒業してしまえば直がわざわざ俺に会いに来るとも思えなかった。

そんなことをつらつら考えていると、直は「分りました」と素直に頷いてから、衝撃的なことを口にする。

『俺と一緒に暮らしませんか？』

想定外だった。こいつはいつも俺の予想を軽く超《こ》える。

『は？　何だそれ。お前俺に同情してるわけ？』

薄笑《うすわら》いを浮かべながら問いかける。一緒に暮らさないかなんて、年下の直にそこまで憐《あわ》れまれているとは思わなかった。

『違います。そうしないと、俺が犯罪者になりそうなので』

『どういう意味だよ』

『清水先輩の体に付いてる傷を見ると、それを付けた奴《やつ》の事を殺したくなる。でも俺は先輩と違って、暴力は好きじゃありませんから』

『は、プロポーズかと思った』

直の言葉が俺に与《あた》えた動揺を、誤魔化《ごまか》すようにそう言う。

何事にも無気力に見える後輩が、そんな過激なことを考えているとは知らなかった。直は茶化《ちゃか》されたと思ったのか、さらに機嫌《きげん》を悪くする。

『一緒に暮らすって、お前の実家でじゃないよな。一人暮らしでもするのか？　金は？』

一度だけ直の家に行った事がある。画《え》に描《か》いたような金持ちの家で、血統書付きの犬や猫《ねこ》を飼っていそうだと思った。その上母親は、目を瞠《みは》るような美人で、直に良く似ていた。上品で、さりげなく高価な物を身に着けていた。

『親に頼《たの》みました』

直の父親は有名な弁護士だ。時折、ニュース番組に顧問《こもん》という形で顔を出すこともある。直は進学校に行くという約束の下《もと》に、現在の自由を許されていたらしい。バンド活動も、その一部だったようだ。俺の親もまともじゃないが、直の所もまともとは言い難《がた》い。直の自由には常に代償《だいしょう》が求められる。やりたいことと引き替《か》えに、嫌《いや》なことを承諾《しょうだく》しなければならない。

『代償があるんだろう?』

俺の疑問に直は返事をしなかった。こいつの沈黙《ちんもく》は、多くの場合が肯定《こうてい》を意味する。一緒に暮らすのは魅力《みりょく》的な申し出だったが、これ以上俺のせいで直の自由を奪《うば》うのは嫌だ。もうすでに直には幾《いく》つも迷惑《めいわく》をかけている。

『別に、お前に世話されなくても家は出ていくつもりだった』

俺がしっかりしないと、直が先回りしてしまうんだと、不意に気付く。

『なんで俺が、お前に庇護《ひご》されなきゃならねーの? それに同居するなら女とがいいね』

笑いながら断る。実際に年下の直が俺を保護しようとしているのがおかしかった。

一年前、直の知り合いの弁護士を通じて俺の親は離婚《りこん》した。母親は暴力男と縁《えん》が切れてしばらくは大人しくしていたが、三月と経《た》たずに新しい駄目《だめ》男を連れてきた。

結局前の男と離婚が成立した六ヶ月後に、母親はその新しい駄目男を夫として迎《むか》えた。そいつも最悪だったが、前の男と比べて良いところが一つだけある。少なくとも女には暴力を振る

わない。金を吸い取っても手を挙げない亭主《ていしゅ》を見つけられて、母親は幸せそうだった。

既《すで》に勘当《かんどう》されているが、銀行役員の娘《むすめ》で元は有名私立大学を卒業した才女。だけど今では経歴なんて全《すべ》て忘れて、男に依存《いそん》される喜びを糧《かて》に生きている。そんな母親でも見捨てられなかった。新しい男が少しでも暴力を振るえば、すぐに追い出してやろうと目を凝《こ》らしていたが、その気配はない。むしろ俺の方が邪魔《じゃま》者扱《ものあつか》いされ、家を出るよう促《うなが》されていた。

寂《さび》しかったが、もう大丈夫《だいじょうぶ》なのかもしれない、と心のどこかで安堵《あんど》も覚えた。だから働き出したら家を出ようと考えていた。そんな俺の本心が伝わったのか、母親からはやたらと日々の予定を聞かれるようになった。どこで何をするのか、いつ帰ってくるのか。子細に聞かれると鬱陶《うっとう》しくもあるが、最近邪険《じゃけん》にされていたので嬉《うれ》しくもあった。このところ事故が多かったから、それで心配されているのかもしれない。

『先輩《せんぱい》が家を出るなら、別にいいですけどね。引《ひ》っ越し、いつにしますか？』

『まだ何も決まってねーよ』

『じゃあ、俺が住もうとしていた部屋を貸しますよ。一年後に返してください』

もう既に契約《けいやく》をしているのかと、驚《おどろ》く。ときどきこいつは意外な行動力を発揮する。

『お前が住むような部屋、俺が払えるわけないだろ』

『そう言うと思ったので、安い部屋にしました。だから家賃は要《い》りません』

『だから、じゃないだろ。金を出してるのはお前じゃなくてお前の親なんだろ？』

『金は親が出しますけど、その代償は俺がちゃんと払いますから』

『それが嫌だって言ってんの』

直は「はあ」と溜息《ためいき》を吐《つ》いた。珍《めずら》しい事だ。

こいつは『笑う』『泣く』『溜息を吐く』『舌打ちをする』なんて、分かり易《やす》い感情表現をするような奴じゃない。いつだって、感情の変化は顔にはささやかにしか表れない。それを拾い集めて、俺はこいつの心の中を推測している。

『我が儘《まま》言うな』

『どっちがだよ。つか、タメ口使うな。生意気なんだよ』

直は髪《かみ》を掻《か》き上げると「分かりました」と言った。

『じゃあ俺が用意したところに住まなくてもいいです。でも、とりあえず部屋が決まるまでそこを使ってください。案内するから、今から来てください』

普段《ふだん》、揉めたときは大抵《たいてい》直が引く。だけど、今回の件は譲《ゆず》る気がないらしい。

俺は不思議に思いながらも階段を下りる直の後ろを歩く。

『ほら、コート』

『先輩が使っててていいですよ』

直は振《ふ》り返らずにそう言った。

一体どんな理由があって俺を直のマンションに住まわせたいのか分からない。だけど確かに寝《ね》てる間に殴られたり、金を盗られたりする心配がない家は欲しかった。

それに今頃《いまごろ》家に帰っても、義理の父親が居間で酒を片手にテレビを見ているだけだ。

『使っても良いけど、家賃は入れるからな』

『俺、先輩の顔に似合わず真面目《まじめ》な所が、結構気に入ってます』

直は唇《くちびる》の端《はし》を少し上げてからマフラーを巻き直すと、顔半分をそれで隠《かく》してしまう。

『俺もお前の意外とお節介な所とか、俺に対して全然遠慮《えんりょ》しない所を気に入ってるよ』

本当の父親は少なくとも働いてはいた。サラリーマンで毎日スーツを着て会社に行っていたが、俺が小学生のときに浮気《うわき》して借金を作って蒸発した。駄目な男で、俺にも母親にも手を上げた。だけど幼い頃《ころ》に何度か遊園地に連れて行って貰《もら》ったことがあった。デパートの屋上にある、小さなやつだ。電気で動く動物の乗り物や、ミニサイズのコーヒーカップに、小さな観覧車。今だったら笑えるほどちゃちな乗り物が、あの頃は輝《かがや》いて見えた。

『直』

呼びかけると、無気力なくせに世話やきな後輩《こうはい》が振り返る。

『なんですか?』

問いかけられて、言うべき言葉は見つからない。ただ手を繋《つな》ぎたかった。遊園地の帰り道を、手を繋いで帰った記憶《きおく》が蘇《よみがえ》ったせいなのかもしれない。高校生が男同士でおかしいと思いながら、直の手を取る。乾燥《かんそう》して赤くなった手は、思っていた以上に冷えていた。

『寒そうだから』

そんな言い訳をして、繋いだ手を無理矢理《むりやり》コートのポケットに入れる。コートのボタンを留めていないからポケットの中は窮屈《きゅうくつ》じゃないけど、指先に力を込めなくても指は触《ふ》れ合う。

誰《だれ》かに見られたら手を繋ぐ以上におかしな構図になっていたかもしれない。だけど直は特に文句を言わなかった。

自分でしておきながら、こいつは俺とこんな風に手を繋いでいて良いのだろうかと不意に思った。俺なんか構っていないで可愛《かわい》いクラスメイトを相手していればいいのに。

同じ進学校に通っているとはいえ、家庭環境《かんきょう》も経済事情もそぐわない。俺はこいつの横にいる資格があるのかと考えたときに、突然指先を直に握《にぎ》りしめられた。

『なんだよ』

『先輩の手が、子供みたいに温かいので、熱を奪おうと思って』

『ひどい後輩だな』

笑いながらそう口にすると、直が「心外です」とやけに真面目な口調で抗義したから、それがおかしくてまた笑った。

事務と言っても俺に任された基本的な仕事は電話応対と、面談者へのお茶出し程度だった。思っていたほど厳しい仕事じゃないと、使い方を覚えたばかりのコピー機でFAXを送る。他《ほか》の事務所への使いにはよく出されたし、弁護士の代わりに債務《さいむ》計算をすることもあったが、本当に簡単な事しか任されなかった。しかし高校時代以来の毎朝ネクタイを結ぶ生活に慣れた頃、勤めはじめて一週間を過ぎた辺りから書類作成の仕事が回ってくるようになった。

「清水さんって、すげぇ使えるんですもん。すみませんがよろしくお願いします」

頭を下げながら新人弁護士が自分の仕事の中から、簡単なものを割り振ってくる。

そろそろコピーとお茶くみには飽《あ》きていたから、二つ返事で引き受けた。

けれどその次は草田が「依頼人《いらい》に会うんですけどぉ、もし良かったら一緒《いっしょ》に行って欲しいなぁって、思うんですけどぉ」と口にした。

「俺が一緒に行ってもいいんですか?」

不思議に思いながら問いかけると「ちょっとぉ、面倒《めんどう》なところだからぁ、男の人が居た方がいいかなぁって。今日の七時ぐらいなんですが、空いてます?」と髪の毛を指先にくるくると絡《から》ませながら尋《たず》ねてくる。

仕事は基本的に六時までだったし、依頼人との面談に立ち合うのは事務員としての仕事の範囲《はんい》をこえている。しかし今日は直の帰りも遅《おそ》く、食事を作る必要がなかったので引き受けた。

連れて行かれたのは依頼人の家だったが、その場には草田の言う「怖《こわ》いお兄さん」が三人ほどいた。このために俺が呼ばれたのかと納得したが、草田は俺の助けなど必要とせずに自力で彼らを追い払《はら》い、依頼人を「家には上げないでくださいって言いませんでしたかぁ？」と責めた。依頼人の女は泣きながら謝ったが、草田が態度を軟化《なんか》させない。仕方ないので俺が仲裁《ちゅうさい》に入り、最終的に依頼人の女は〝二度と彼らを自宅に上げない〟という条件に同意した。

「清水さんと一緒に行って正解だったぁ」

事務所への帰り道にある小さな公園の端に停《と》まっていた移動販売《はんばい》のホットドッグを食べたいと誘《さそ》われ、一緒に売っていた温かなチャイと共に一つずつ買った。それを手にベンチに座ると、草田はいきなりそう言った。

「いや、俺いなくても草田さん一人で大丈夫そうでしたよ」

完全にその筋の人間相手に毅然《きぜん》としていた草田を見て、彼女が普段からそういう連中と折《せっ》衝《しょう》している事を思い出す。

怯えどころか気負いもなかった。外見や話し方に似合わず、肝《きも》が据《す》わっているらしい。

「怖いお兄さん達の対処は慣れてるのでぇ。でも助かったのはそっちじゃなくて依頼人とのことですよぉ。あの人私の言うこと全然聞いてくれないんですけどぉ、男の人の言うことなら聞いてくれるみたいだから。担当弁護士が私だって分かった瞬間《しゅんかん》もがっかりしてたしぃ」

男なら誰でも良いみたーい、と呆《あき》れた調子で言ってからホットドッグに嚙《か》みつく。

野外で食べるのは少し寒いが、耐《た》えられないこともない。

「それに清水さんてそういうの得意そうだなって。寺國のことも飼い慣らしてるしぃ。相手に言うこと聞かせるの上手だなぁって、前から思ってたんですよ。何かやってました?」

「色々と。中学の頃から歳誤魔化して働いてましたから、ほとんどのバイトは経験してます」

「人生経験豊富だから人あしらいが上手《うま》いのかぁ。さっきの馬鹿《ばか》女の扱《あつか》いも上手でしたねぇ」

「馬鹿……ですか?」

依頼人を躊躇《ためら》いもなくそう呼び捨てた草田に驚《おどろ》く。

「騙《だま》されてるって分かってて尽《つ》くす女って馬鹿だと思いません? 殴《なぐ》られたり、お金取られたり。若い子と浮気までされても固執《こしゅう》するのって、なんなんですかね。本当、頭悪い」

まるで自分の母親みたいだな、と思った。途端に最後に会った時の事が蘇り、嫌《いや》な気分を押し込めるように粒《つぶ》マスタードのかかったソーセージにかぶりつく。太めのそれは脂《あぶら》が乗っていて美味《うま》い。もう一本頼《たの》めば良かったと後悔しながら、依頼人に対する草田の愚痴《ぐち》を聞く。

草田はいくら本人を前にしていないとはいえ、本来なら依頼人を馬鹿にした台詞《せりふ》を吐くタイプではない。それになんとなく、彼女からは自分と同じ匂《にお》いがした。

草田の座るデスクの後ろにはキャビネットがある。以前、俺が上段の物を取ろうとしたとき、反射的に草田は身を縮めた。そんな彼女に、子供の頃の自分の姿が重なる。叩《たた》かれた時の記憶が根強く残っているせいで、誰かが手を挙げるだけで体が竦《すく》んでいた頃が俺にもあった。

「俺の母親もそういうタイプでした」

そう言うと、草田の唇がぴたりと止まる。

「だから俺も、なんでだろってずっと思ってたんですよね。本当、なんでなんでしょうね」

草田はしばらく黙《だま》り込んだ後に「私も、そういう人に育てられてました」と呟《つぶや》く。

重苦しい口調だったから、無理に話さなくて良いと遮《さえぎ》ろうとして止《や》める。話したいのかも知れないと思った。同族に吐露《とろ》したいと思ったのかも知れない。

「高校のとき、内縁《ないえん》の夫《おっと》ってやつにレイプされそうになったんです。でもあの人はオトコを庇《かば》って、私の方を責めた。だから私、警察に駆《か》け込んでやったんです」

警察の人に事情を説明するのはすごく嫌だったんですけどね、と草田は笑顔《えがお》で誤魔化《ごまか》す。

「その一件から祖父母の家で暮らすようになって。もう連絡《れんらく》もとってませんけど。きっと今も、尽くしては殴られてるんじゃないですかね。まぁ、どうでもいいですけどぉ」

どうでもいいと言いながら、DV被害に関するボランティアの相談会には積極的に参加しているし、離婚訴訟《りこんそしょう》は率先《そっせん》して引き受けている。今回の一件だって、見捨てはせずにわざわざ依頼人の家まで出向いている。嘯《うそぶ》きながらも、きっと草田は母親と似た境遇《きょうぐう》の人間を助けたいんだろう。じゃなければ金にならない上に、面倒な案件を幾つも抱《かか》え込んだりしない。

「草田さんが弁護士になった理由が分かりました。優《やさ》しいんですね」

草田はホットドッグを包んでいた紙を横の屑籠《くずかご》に入れると、チャイが入っている紙コップに口を付ける。そうやってしばらく時間を取ってから「何か勘違《かんちが》いしてますよぉ」と小さな声で否定した。

「帰りましょうか」

話題を終わらせるようにきっぱりと言って、草田が飲みかけのチャイを持って立ちあがる。

俺は食べ終わったホットドッグの紙を丸めて捨てた。

事務所に戻ると、直が草田に「お前の仕事に先輩《せんぱい》を使うな」と珍《めずら》しく文句を言った。

それに対して草田がいつもの鼻に掛《か》かったような甘い声で応戦する。弁護士同士の口喧嘩《くちげんか》なんて初めて見た。勝負の行く末を見守りながら残務処理をして、言い負かされそうな草田に味方した後で、残っているスタッフ全員に挨拶《あいさつ》をしてから直を置いて事務所を出た。

その日を境に、草田とそれまで以上に話すようになった。俺が自宅まで行った、問題のある依頼人の調停が解決すると、草田は「打ち上げですぅ」と言って俺を居酒屋に誘った。

二人でという話だったが、その場にいた直や新人弁護士も参加することになり、終電ぎりぎりまで四人で飲んだ。最初は座敷《ざしき》だったが、トイレに立った筈《はず》の草田がカウンターで飲んでいるのを見掛けて、俺もその横に座る。

草田は俺を振《ふ》り返ると、ふにゃっと表情を緩《ゆる》めた。

「この間……清水さんと話したじゃないですかぁ。それで、ちょっと調べたんですよ。あの人今何してるのかなぁって。そしたら本当に想像通りの人生でぇ、馬鹿だなぁって。会って叱《しか》ってやろうと思って行ったんですよ。子供時代の恨《うら》みも言いたかったし」

相槌《あいづち》も打たずに聞いた。目の前の皿に盛られていたつまみは既《すで》に空になっていたが、追加を頼む気は起きなかった。

「でも、泣くんだもん。立派になって嬉《うれ》しいとか言って。はあ？　って感じじゃないですかぁ。娘《むすめ》よりオトコ優先して、強姦未遂《ごうかんみすい》の時もオトコを庇った癖《くせ》にって。でも私も泣いちゃったんですよね。怒鳴《どな》ろうとしても嗚咽《おえつ》しか出なくてぇ。清水さんが言ってた通り、私優しいからぁ」

最後の方は茶化《ちゃか》した癖に声が震《ふる》えていた。

「今度温泉でも行こうかって。あの人一度も旅行とか行ったことないから、連れて行ってあげようかなぁって。こんな話詰《つ》まらないと思いますけどぉ、清水さんの言葉がきっかけだったから、一応お伝えしておこうと思ってぇ」

急に横に座っている草田が小さく見えて、つい手を伸《の》ばす。

一瞬《いっしゅん》だけ細い肩《かた》をびくりとさせたが、それでもはね除けずにじっと我慢《がまん》して、次第《しだい》にゆっくりと肩の力を抜《ぬ》いていく。他人の温《ぬく》もりに無理して馴《な》れようとするのが、掌《てのひら》を通して伝わる。

その気持ちは痛いほど分かる。俺も同じ道を通ってきた。

「いつかぁ、清水さんも和解できるといいですね。もっとも、私も完全には許したわけじゃないんですけどぉ。また新しいオトコができたら、そっちを優先するんじゃないかって思うし」

俺に頭を撫《な》でられながら俯《うつむ》いたまま、静かな声で草田が言う。

親切心で言われた言葉だとは分かっていたが、最後に見た母親の怯えと嫌悪感《けんおかん》の混ざった視線を思い出すと、腹の底が冷えた。問題は俺が許すとか許さないとかじゃない。母親の方が俺を嫌っている。それが分かっているから、会いに行く気にはならない。

いつかもっと時間が経《た》って、あの日の眼差《まなざ》しよりも先に、幼い頃《ころ》に見た優しい顔を思い出せるようになったら、会いに行けるかもしれない。だけど今は無理だ。まだ怖い。

「ありがとうございます」

そう言った時に「何してるんですか?」と声を掛けられる。振り向くと直が立っていた。

「狡《ずる》いですよ。二人してなにか内緒《ないしょ》の話ですか?」

直の後ろから現れた新人弁護士の言葉に、草田が「清水さんを口説いてたんですけどぉ、なんか脈が無さそうで困ってたところです」と誤魔化す。

その後は座敷に戻って飲み直した。直は余り酒を口にしなかった。新人弁護士から勧《すす》められてはいたが、翌日の朝が早いことを理由に断っている。

終電が近づいて店を出る時に、新人弁護士が草田に聞こえないようにこっそりと「今度は男だけでキャバクラとか行きましょうね」と口にしてタクシーに乗り込む。

草田とは駅で別れた。電車に乗って、青いシートに座る。

直とこうして終電に乗っていると、高校時代の事を思い出す。

「なぁ、あのときさ、なんで起こしてくれなかったんだよ」

「意味が分かりません」

これだから酔《よ》っぱらいは、という目で直が俺を見る。まだそれほど酔ってない。酒を飲む仕事をしていたこともあるんだ。これぐらいじゃ正体をなくしたりはしない。

いつも俺が投げる会話という名のボールを期待外れの方向に打ち落とす直に、「意味が分からない」なんて言われたくなかったが、確かに説明が足りなかった。

「高校三年のとき、フェスの帰りに俺が寝《ね》ただろ。それで終点までお前、俺の横で本読んでたじゃん。なんで起こさなかったんだよ」

復路の終電が出てしまった事もあって、結局その日は近くのビジネスホテルに泊《と》まった。直は「帰したくなかったからです」と答える。まるで誘《さそ》い文句のようだ。

だけど実際、そんな甘い物じゃない。先程《さきほど》まで草田と家の事を話していたせいか、直のその言葉の裏にある意味にすぐに気が付いた。

「家に帰したら、俺が……ゆっくり眠《ねむ》れないって知ってたから？　俺、お前に布団《ふとん》が水浸《みずびた》しにされてた話とかしたっけ？」

義理の父親の嫌がらせは暴力だけじゃない。バリエーションは無駄に豊かだった。けれどそれも仕方ない。一日中働かずに酒を片手にテレビを観《み》るだけの生活では、嫌がらせぐらいしか楽しみがなかったんだろう。

「……そんなこともされてたんですか？」

直の声のトーンが下がる。それを聞いて、口を滑《すべ》らせた事を後悔《こうかい》した。告げるつもりは無かった。不幸自慢は好きじゃない。それほどじゃないにしても、やはり酔っているのかもしれない。


「でも、お前……俺を無視して一人でホテルに泊まろうとしただろ」

「先輩が付いてくるのは分かってましたから」

「なんだよ、俺のこと操《あやつ》ったのか」

いつも操るのは俺の方だと思っていたけど、直も言葉巧《たく》みに俺を誘導《ゆうどう》していたわけか。

そういえば卒業式の日もそうだった。一緒に暮らさないかと言ったくせに、用意されていた部屋は一人用だった。直は俺が一緒に暮らすのを拒むのも、家賃の件で譲らないのも分かっていたのだろう。

「本当にそういうところが昔から生意気だよな」

駅を出て家に帰る。直が鍵《かぎ》を差し込む時に、鍵に付いたアニメのキャラが揺《ゆ》れる。

『ミラクルマンを好きになったのは、可哀想《かわいそう》だったからです。みんなを助けるために頑張《がんば》ったのに、本人は一生一人で救助の希望もないなんて、子供の俺は納得《なっとく》できませんでした』

いつか非常階段で聞いた。直が俺の側に居る理由も、「可哀想だから」なのかも知れない。

一人きりの俺が、痛々しく見えたのだろうか。だけどそれを訊くのはさすがに躊躇《ためら》われた。

「俺、そいつのことあんまり好きじゃない」

キーホルダーを見ながら言うと、直は呆《あき》れた顔で「先輩がくれたんですよ」と反論する。どうやら俺が忘れてると思ったらしい。

部屋に上がり込んで明かりを点《つ》ける。シャワーは俺が先に使った。酔い覚ましにコーヒーを淹《い》れていると、出来上がった頃に直が出てくる。Tシャツと緩いパンツ姿だ。

直は二つあるカップのうち、俺が口を付けていない方を手に取る。

「最近、先輩は草田と仲が良いですね」

台所に立ったままコーヒーを飲みながら「そうかもな」と答える。

「付き合うんですか？」

「そんなんじゃねーよ」

お互《たが》いに恋愛《れんあい》感情なんて持っていない。強《し》いて言えば底にあるのは仲間意識で、俺は草田を妹のように（事務所での立場は彼女の方が俺よりも上だが）感じている。

「草田なら、先輩に似合うと思います。あいつは意外と、優《やさ》しい人間ですから」

お前が俺にそれを言うなよ、と喉元《のどもと》まで出掛かった言葉を溜息《ためいき》に変えて吐《は》き出す。

「彼女より先に、仕事みつけなきゃならねーからさ」

「このままうちの事務所で働けばいいじゃないですか」

「俺は体を動かす仕事の方が向いてるよ」

だけど未《いま》だに就職活動はしていない。働きたいと思う職種が見つからなかった。脳の片隅《かたすみ》で「いっそこのまま事務員として勤めればいい」という声もする。実際仕事はそれなりに楽しかったし、職場の雰囲気《ふんいき》もいい。でも一生続けたい仕事かと訊れると、その途端《とたん》鼻先をパーマ液の刺激臭《しげきしゅう》が掠《かす》める。

「お前が心配しなくても、一月経ったらちゃんと出ていくよ」

一月は早い。もう半分以上が過ぎている。数えてみれば残りの日数は少ない。直の布団を干したり、この台所で料理をすることはもうなくなる。そう思うと、使い勝手の悪いコンロさえ愛《いと》しく感じた。

「仕事が決まるまで居て良いです」

「やだよ。ここ結構ぼろいからあんまり快適じゃねーし」

仕事が決まるまでなんて猶予《ゆうよ》を与《あた》えられたら、いつまで経っても決められなくなる。直はいつも、年下の癖に俺を甘やかす。それも、もしかして「可哀想だから」なんだろうか。そう思ったら美容師見習いになったばかりの頃の記憶《きおく》が蘇《よみがえ》る。

万が一男に暴力を振《ふ》るわれた時に、母親の逃《に》げ場になればいいと教えた住所に、義理の父親が金の無心に来たのは五度目だった。母親に失望するのは、もう何度目かしれない。

俺が家を出てまだ二月しか経っていないのを考えると、結構な頻度《ひんど》だ。どうやら一度も部屋に来ない実の親よりも俺に会いたいらしい。

俺が直から又借《またが》りしたマンションにやってきた義理の父親は、お気に入りのパンチングマシーンを失ったことで相当ストレスが溜《た》まっていたようだ。

『子供が出来るから金が要《い》るんだよ』

金が欲しい理由をそう説明する男に対して「だったら働けばいい」と言っても無駄《むだ》だとは分かっていた。今まではどんなに信憑性《しんぴょうせい》のない言葉にも、騙《だま》された振りで仕方なく金を渡《わた》していた。実際仕事は上手《うま》く行っていたし、直が家賃を全額は受け取らないせいで、金にはそれほど不自由していなかった。それに自分が渡さなければ母親に集《たか》るだけだとも知っていた。

だけど今日は渡せる金がなかった。美容師見習いの手取りなんて十数万だ。一人で生活をするには充分《じゅうぶん》だが、何度も男に金を渡せるほどの稼《かせ》ぎじゃない。男には今月に入ってからすでに五万円も渡している。これ以上は渡せない。だから追い払《はら》おうとしたら、部屋に押し入ってきた男に殴《なぐ》られた。体は風邪《かぜ》で弱っていたが、避けられなかった理由《わけ》じゃない。前の父親は、俺を殴れないと母親を殴った。その時のトラウマがまだ体に染《し》みこんでいる。

それに以前やり返した時に、母親が激しく泣いて「これ以上お父さんを殴るなら殺してやる」と俺を責めたから、それも重ねて嫌《いや》な記憶として残っていた。

我慢《がまん》して、それで済むならいい。だから好きにさせた。直がやってくるとも知らずに。

俺が殴られるまま一切抵抗《いっさいていこう》しなかったせいで、そいつは自分の力量を見誤っていた。だから直に対しても最初は強気に出ていた。けれど直には不当な扱《あつか》いに、耐《た》える必要も我慢する理由もない。反撃《はんげき》に出るのは当然のことだった。

義理の父親は怯《おび》えた目で直を見て、部屋の隅《すみ》に逃げて「警察を呼ぶぞ!」と叫ぶ。

直は髪《かみ》を摑《つか》まれ突《つ》き飛ばされた仕返しに、既《すで》にそいつを一度殴っていたが、再び殴るためなのか追い出すためなのか男の胸倉《むなぐら》を摑む。

『直……』

声をかけると直は男を連れてベランダに出た。何をするのかと思ったら、胸倉を摑んだまま男の半身をベランダの手すりの向こうへ押しやる。

『ひっ、やめっ、やめろよぉお』

響《ひび》き渡るような大きな声で男が懇願した。

『警察、呼んでいいですよ。ここは俺が契約した部屋で、あんたはただの不法侵入《しんにゅう》者ですから』

『ひっ、ひっ』

男は直の声なんて聞いていない。自分の胸倉を摑む手を、両手で命綱《いのちづな》のように握《にぎ》りしめている。足をどうにか伸《の》ばしてベランダの床《ゆか》に着けようとしているが、到底《とうてい》届かない。

『もういいから、直、やめろ』

声は風邪の名残《なごり》で掠れていた。

直は振り返らないまま「俺は先輩《せんぱい》のそういうところ、嫌《きら》いなんです」と言う。

『自分さえ耐えればいい、みたいな考え方に虫酸《むしず》が走る。清水先輩は本当は俺よりもずっと頭が良いから、自分の行動が間違《まちが》ってるって分からない訳がない。知ってて、無意味な自己犠牲《ぎせい》を繰《く》り返してるところが、堪《たま》らなく不快です』

『俺のために左手駄目《だめ》にしたお前に言われたくねーよ』

あれだって単なる自己犠牲じゃないか。そのせいで二度と楽器を弄《いじ》れなくなったくせに。

それだけじゃない。前の駄目男と俺の母親を離婚《りこん》させるために親の事務所で働く弁護士を連れて来たことで、直が何らかの代償《だいしょう》を支払《しはら》ったことは知ってる。お前は決して認めないだろうけど、あんなに嫌っていた父親と同じ大学を受験するのは、その代償なんじゃないのか。

『先輩のためなんかじゃないですよ。それにときどき痺《しび》れることはありますが、左手は普通《ふつう》に動きます。元々両利《き》きだから、右手だって使える』

だけど掌の傷が冬になると鈍《にぶ》く痛むことを知ってる。重い物を取り落とした後で、それを俺に気付かれないようにしている癖《くせ》に。

『おい、まっ、まさちかっ、くだらねぇ、話、ねぇで、たすけろっ』

直は片手を離《はな》した。男の体がさらに不安定になる。

『二度と先輩に近づくなって言った筈《はず》です。今度先輩の近くにいるのを見つけたり、先輩の体に傷をつけたら殺します』

誰《だれ》かと殴り合ったり揉《も》めたときに「殺す」という言葉を言われることはある。もしかしたら自分も使うかもしれない。だけど本気じゃなかった。

殺意の籠《こ》もった言葉に、義理の父親は青ざめたままで部屋から逃げていく。

直はしばらく不機嫌《ふきげん》だった。風が吹《ふ》いて、それが直の着ている服の端《はし》をはためかせる。直はベランダの柵《さく》に寄りかかり、部屋に入って来ない。視線は義理の父親が消えた道路の奥の暗がりに向けられていた。その瞳《ひとみ》が酷《ひど》く冷たかったから、見知らぬ人間のようで少し怖《こわ》くなる。

『直』

呼びかけると直はすぐに振り向いたが、俺の腫《は》れた顔からは視線を逸《そ》らした。

『変な顔になってますよ』

『それ、元からだから』

茶化《ちゃか》して笑おうとしたが、顔が痛くて失敗する。

直は不器用になった左手で、俺の殴られた頰《ほお》に触《ふ》れると「俺、先輩の中に嫌いなところ結構あるかも」と生意気な事を言った。

所長が以前一度目にしたことのある男を連れて帰ってきたのは、与えられた仕事を全《すべ》て終えて、直に声を掛《か》けてから帰宅しようと立ち上がったときだった。

「お帰りなさ～い」

草田は間延びした声でそう言った後に「あれ、与島さ～ん」と後ろにいた男を見て口にする。

以前と同じく隙《すき》のない男がそこにいた。ふと、彼が着ているスーツが俺と同じブランドだと気付く。直がイタリア系のブランド店に俺を案内した時に覚えた違和感《いわかん》の正体が分かる。父親の影響《えいきょう》であの店を知っていたのかと思っていたが、どうやら目の前の男が発端《ほったん》らしい。

「さっきそこで会ってね、ほらこの間引き受けた案件なんだけど、うちではリソース不足だから依頼人《いらいにん》に与島君を紹介《しょうかい》しようと思って」

「えー、あれ私がやりたかったのにぃ」

草田が騒《さわ》いでいると、奥から副所長も顔を出す。与島を見ると親しげに話しかけた。

一人蚊帳《かや》の外の俺を見て、新人弁護士が「前にここに勤めてたんですよ」と教えてくれた。だとすれば円満退社だったようだ。直からは「司法修習生の時に知り合った」と聞いていた。しかし職場が同じだったとは聞いていない。本当に、昔から肝心《かんじん》な事を言わない奴《やつ》だ。もっとも、直は与島の情報が俺にとってこれほど意味のある物だとは思わなかったのだろう。

不意に与島の視線が俺に向けられる。驚《おどろ》いたような素振《そぶ》りはなかった。居心地《いごこち》の悪さを感じる前に、草田が俺のことを臨時の事務員として紹介する。

「以前お会いしましたね」

与島は真っ直《す》ぐに俺を見て言った。俺は軽く頭を下げる。草田は俺達が既に会っていた経緯《けいい》を知りたがったが、与島は上手く話を逸らしてしまった。

帰るタイミングを失ったが話の輪に入る気にもならずに、手持ち無沙汰《ぶさた》に明日に回すつもりだった書類のファイリングを行う。それも終わり、そろそろ帰ろうかと立ち上がりかけたときに、新人弁護士が「えぇ！」と大きな声をあげる。

「与島さん結婚《けっこん》するんですか⁉　なんか与島さんって家庭のイメージ一切ないですよね！」

それを聞いて、動揺した。まさか結婚するなんて意外だった。てっきり直にまだ未練があると思っていた。

咄嗟に視線を直に向ける。今の話をどう感じたのか気になったが、直は与島が来たときに一度会釈しただけで、平然とした顔のまま受話器を片手に書類を捲《めく》っていた。

「これから与島君のプロポーズを検証しようと思うんだが、君らも行くか？」

所長は手で想像上のぐい飲みを摑み、口元でくいっと傾《かたむ》ける。

「行きます行きます。奥さんがどんな方かすごく興味あります！」

新人弁護士の言葉に笑った与島と、不意に目が合う。

「もし良かったら、清水先輩もいかがですか？」

「俺は、お邪魔《じゃま》でしょうから」

反射的に断った俺を「何言ってるんですかぁ、行きましょうよぉ」と草田が誘《さそ》ったが、返答する前に「すみません、俺が先輩に仕事を頼《たの》んでるんです。今度の公判で使用する資料の整理が終わっていないので」と直が口にする。

「今度って、内部告発のやつか。それじゃ仕方ないな」

所長は本当に残念そうに口にする。与島の表情には変化は見えなかったが、草田はあからさまに残念そうな顔で「私だって逆送致《ぎゃくそうち》で忙《いそが》しいわよぉ。折角《せっかく》の与島さんのお祝いなんだから来なさいよ。寺國が飲むと面白《おもしろ》いのにぃ」と詰《なじ》った。

「そうそう。寺國さんて、酔《よ》うと清水さんの話ばっかりになって面白いんですよね」

新人は笑いながら言うが、直は既に別のところに電話をかけ始めていた。ここで働いてから直が他《ほか》の連中と雑談している姿を目にした事がなかったので、一体どこでどんな風に俺の話をしたのかと思っていたが、酒の席だったのか。俺と飲むときの直はほとんど酒を口にしないので、つき合いは長いが酔った直なんて見たことがない。

電話を続ける直を見て、他の弁護士達は仕方なさそうに事務所を後にする。新人弁護士が「俺も手伝いましょうか？」と申し出たが、直は断った。

俺は直が受話器を置くまで手持ち無沙汰に、ゲームをした。時間内に表示される文章を打つと、美女が服を脱《ぬ》いでくれる。新人弁護士がキーの位置を覚える為《ため》に貸してくれたゲームだ。

男はいつの時代も下らない事を考えると呆《あき》れながらも、自分も同じかと反省する。恋人《こいびと》のふりをして与島を追い払《はら》うと提案してみたり、貯金がないと嘘《うそ》を吐《つ》いて迷惑《めいわく》を承知で直の部屋に転がり込んでみたり。そんな下らないことを学生時代から繰り返してる。でも高校の頃《ころ》はまだ「好き」じゃなかったんだ。あの頃の直は俺にとって「気に入っている」程度の存在だった。もっともガチャガチャに三千円もつぎ込んで、アニメキャラのキーホルダーを手に入れようとする辺り、自覚がなかっただけで恐《おそ》らく既《すで》に惚《ほ》れていたんだろう。

だけどそうやって俺がやった物を、直が未《いま》だに使っていたりするから、未練が断《た》ち切れない。好みじゃないと言われたのに、しつこく想《おも》ってしまうんだ。

「電話終わったのか?」

不意に直が背後に立ったので、椅子《いす》の背もたれについたスプリングを利用して体を後ろに反らしながら訊《たず》ねる。逆さまの視界に直が映る。蛍光灯《けいこうとう》の眩《まぶ》しい明かりが逆光になって、表情はよく見えなかった。

「何やってるんですか?」

僅《わず》かに呆れた声音《こわね》で問われ、俺は再び画面に視線を向ける。マイクロビキニのトップスの紐《ひも》に手を掛けた状態で、美女がこちらを見ていた。直に話しかけたせいで制限時間内にクリアできず、美女は紐を外そうとしない。

「タイピングゲーム借りたんだよ。ゾンビと美女のやつがあるらしいんだけど、脱がせるならやっぱり美女だよな」

「……ゾンビは襲《おそ》いかかってくるだけで、成功しても脱いではくれませんよ」

「ああ、なるほど。全部のゲームが脱ぐ訳じゃねーのか」

「馬鹿《ばか》なことやってないで、帰り支度をしてください」

「は？　仕事は？」

直が薄手《うすで》のコートを着ていることに気付いて首を傾げると「終わりました」と返された。

「手伝うんじゃなかったのか？」

俺の当惑に直は「すみません、嘘です」と謝る。

直は与島と飲みに行きたくなかったのだろう。俺まで巻き込んだのは、以前に俺が直の新しい恋人のふりをすると口にしたからかもしれない。俺が与島にその件を話すと不味《まず》いと思ったのだろう。

「じゃあ無駄《むだ》に付き合わせた分……夕飯は奢《おご》れよ」

俺の言葉に直は「はい」と頷《うなず》いた。

俺だって与島となごやかに飲む気にはなれなかったから、直の行動を咎めるつもりはない。だけど店を直に任せたのは大きな間違《まちが》いだった。

連れて行かれたのは駅前のラーメン屋だった。直は昔から欲《よく》が薄《うす》い。人間の三大欲求《よっきゅう》の最たる食欲《しょくよく》ですら、腹を満たせたら何でも良いと考えているようだ。

「あんなまずいラーメン初めて食った」

家に帰ってきて歯を磨《みが》きながらそう口にする。くたくたのラーメンに酸《す》っぱい醤油《しょうゆ》ベースのタレが絡《から》み、そこにラードのきついチャーシューが足されて絶妙《ぜつみょう》な不協和音を奏《かな》でていた。

『もう二度と行かない店リスト』の上位に店名を加える俺に対し、直は平気な顔をしている。

「大袈裟《おおげさ》です。それほどまずくはありませんでした」

「俺はお前が羨《うらや》ましい。そこまで無欲なら生きるのが楽だろうな」

美味《うま》い物が食べたい。良い部屋に住みたい。格好良くなりたい。金が欲しい。恋人が欲しい。

直からはそんな願望が一片《いっぺん》も感じ取れない。そもそも何かに執着《しゅうちゃく》している姿を見たことがない。

どこかおかしいんじゃないのか、と何度も考えたことを再び思う。脳をロックに犯《グランジ》されて、
涅槃《ニルヴァーナ》にたどり着いちゃったんじゃないのか。

「俺だって欲望ぐらいあります」

直は歯を磨く俺の後ろで服を脱ぐ。躊躇《ためら》いもなく裸《はだか》になると、そのまま半透明《はんとうめい》のドアで仕切られた浴室に入っていった。

「なんの？　性欲とか？」

一番薄そうなものを引き合いに出したら、「そうです」とドアの向こうから声がする。

「お前がが っついてるところなんて、想像もできねーよ」

もしかしたら面倒《めんどう》になって適当に返答しただけかもしれない。

だけど与島は俺の知らない直のそんな姿を知っているんだろうか。そう考えたら嫉妬《しっと》した。

「そういえばお前、司法修習生時代に与島と知り合ったって言って無かったか？　職場の知り

合いじゃねーか」

「司法修習の時に俺の指導弁護士をしてくれていたのが与島さんです。その時の縁《えん》で今の事務所に就職したんです」

司法修習生時代に知り合ったというから、てっきり向こうも同じ立場だったのだと思っていた。それなら草田が彼を敬っている理由や、与島が直に対してどこか余裕《よゆう》を持って接するように努めていることに納得《なっとく》できる。指導弁護士を引き受けたということは、見掛《みか》け以上に年上なのだろうか。それとも指導弁護士というのはベテランでなくても勤まるものなんだろうか。

「なぁ、手紙の内容は？」

歯を磨き終わって、もう浴室には用がないのに、壁《かべ》により掛《か》かってシャワーを浴びている男に問いかける。

「結婚するって事は、縒《よ》りを戻《もど》したいって内容じゃなかったのか？」

「先輩《せんぱい》には関係ありません」

切り捨てるような台詞《せりふ》に「そうなんだけど」と続ける。だけど気になった。

「前から聞こうと思ってたんだけど、お前から声をかけたのか？　それとも向こうから？」

直は答えない。辛抱《しんぼう》強く返答を待っていると「どうしてそんなことが知りたいんですか？」と訊かれる。

「お前にとって〝特別な相手〟に興味がある」

「別に、与島さんは俺にとって特別じゃありません」

 体の関係があるのに「さん付け」なのかと違和感を覚えたが、こいつは実の親にも敬語で話をする。だから本人はそれほど違和感がないのかもしれない。

「男同士でセックスするって特別だろ?」

特別すぎて、誘うことすら出来ずに歯嚙みしながら直のことを見てきた。側にいられるだけでいいなんて自分を誤魔化《ごまか》した癖《くせ》に、与島が直と付き合っていたと知ったら、嫉妬で苦しくて堪《たま》らないんだ。俺の方が直のことを知っている。ずっと前から知り合いだった。先着順ではないんだから、直からすれば「だから何?」って話だろうけど。それでも狡《ずる》いと思ってしまう。

「向こうが結婚《けっこん》するって、お前知ってたのか?」

「手紙には、迷ってると書いてありました。だから決まったのは今日知りました」

「迷ってる、か。止めて欲しかったんじゃねーの? 今日、行かなくて本当に良かったのかよ」

直は答えない。浴室から出るとその場に畳《たた》まれているタオルを摑《つか》んで大雑把《おおざっぱ》に体を拭《ふ》く。

裸を見るのは初めてじゃない。なのに視線が離《はな》せなくなる。お互《たが》い運動部には入っていなかったが、それなりに筋肉は付いていた。俺は中学時代から歳を誤魔化して土建系のバイトをしていたし、直も大学時代はひたすら土砂《どしゃ》や石膏《せっこう》ボード、木材を運ぶバイトをしていた。日給は一万を超《こ》えていたし、筋肉も付く。けれど腰《こし》と背中の痛みに苛《さいな》まれた。

このまま突《つ》っ立っているのも変なので、俺も服を脱《ぬ》ぐ。直の視線は感じない。湯気で温まっている浴室に入ると、直が脱衣所《だつい》を出ていくのが分かる。

「同じ男でも本当に俺には興味ないんだな」

自分で言っていて悲しくなる。それとも与島以外の男に興味がないのか。

だけど失恋《しつれん》の哀《かな》しみに沈《しず》んでいる人間ほど、落としやすい相手はいない。与島の結婚を知って落ち込んでいるから、直は飲み会の誘《さそ》いを断ったんだろう。今なら少しぐらいは触《ふ》れられるかもしれないと、期待した。頭の右奥で「そんなことをしたら、側にいることすらできなくなる」と声がしたが、無視する。負けたくなかった。与島が知っている直を俺も知りたい。

風呂《ふろ》を出て居間に入ると、机に着いている直の後ろ姿を視《み》ながら、部屋の電気を消す。

ふっと暗くなった室内で、直が俺を振《ふ》り返る。窓の外からレンタルショップの常夜灯の光が入りこんでくる。直の横顔が青紫《あおむらさき》に照らされた。

「先輩？」

「お前には世話になってるから、傷ついてるときぐらい慰《なぐさ》めてやりたい」

「何の話です？」

直は馬鹿じゃない。だから俺がしようとしていることに気付いている。

驚《おどろ》いている瞳《ひとみ》に向かって、緩《ゆる》く笑いかけた。俺はまた、越えるべきではない線の向こうへ、足を踏み出している。

「だけど、ふられた奴《やつ》の慰め方なんて一つしか知らねーんだよ。前に触《さわ》られた時だって、びっくりしただけで嫌悪感《けんおかん》はなかったから、たぶん出来ると思うけど。それに」

薄暗《うすぐら》い部屋の中で直に近づく。今朝、畳まなかった布団《ふとん》の端《はし》が足に触れる。

のって来るか来ないかは勝率の低い賭《かけ》だった。いつもの自堕落《じだらく》な態度がこの行動の言い訳になればいいと思いながら、顔を寄せる。

「直」

くちづけをするつもりだったが、直と目があった途端《とたん》に動けなくなる。だけどここまで言って仕舞《しま》ったら、直に拒絶《きょぜつ》されるまで退けない。

「お前のがっついてる顔が見たい」

くちづけが出来ないのを誤魔化すように、直の頭を掴んで犬にでもするように、色気もなくがしがしと髪《かみ》を撫《な》でる。こういう時のために、十年前からシミュレーションして置けば良かったと悔やみながら、直の背中に腕《うで》を回した。

自分の肌《はだ》の上を滑《すべ》る男の手が、ずっと前から欲しくて堪らなかった。

「怖《こわ》いですか？」

「は、なんで？」

布団に座り込んだ俺の膝《ひざ》に直の手が掛かる。直も俺も、既《すで》に何も着ていない。

五分前。誘っても返事をしない直を前に、俺は着たばかりの服を脱いだ。拒絶されたら、それでようやく未練が断《た》ち切れると思いながら、直の服に手を掛けた。直は「本当に後悔《こうかい》しませんか？」と一言口にした。「たかがセックスだろ」と答えた俺に、直は「分かりました」と頷《うなず》き、自分で服を脱いだ。そして現在に至る。

「震《ふる》えてます」

「寒いからだろ。お前と違《ちが》って俺は普通《ふつう》なんだよ」

ヒーターを点《つ》けても部屋は寒い。壁や天井に断熱材が使われていないせいだろう。それに玄《げん》関《かん》のドアも僅《わず》かに隙間《すきま》が空いている。三月の夜更《よふ》けに平然と裸でいられるような部屋じゃない。正直俺が又《また》借りしていたマンションよりも、ずっとグレードが劣《おと》る。引っ越《こ》せばいいと思うが、学費ローンがあると知っている手前、その提案は出来なかった。

「それにお前の手が冷たいから」

吐息を白く濁らせてそう言うと、膝に触れていた手が離れる。もしかして興が醒《さ》めたんだろうかと不安になった。電気を消したのは俺の体を視なくて済むようにだ。だけど常夜灯とハロゲンヒーターのせいで、薄暗いが視界はある程度利《き》く。直の顔が見えるのは良いが、俺の顔を見られるのは嫌《いや》だな、とジレンマを覚えた。すると不意に、屈《かが》み込んだ直が唇《くちびる》で俺の膝に触れた。

「っ」

驚いて足が跳《は》ねる。唇を離した直と目が合う。じっと見入っていると、先程《さきほど》の自分が出来なかった事をされる。微《かす》かに触れ合う唇に、馬鹿《ばか》みたいに胸が高鳴った。死ぬんじゃないかっていうほど、心臓の筋肉が激しく収縮する。たったこれだけで、感極《かんきわ》まって泣きそうになった。直とキスする自分を、何度か想像したことがある。一度、直が寝《ね》ている隙《すき》に触れてしまおうと思ったこともあった。でも結局出来ずに、横顔だけを見つめていた。

「は」

息をするために開いた歯の隙間から直の舌が入ってきた。思わず反射的に歯を立てる。だけどすぐに離した。「悪い」と謝ろうとしたが、その言葉は直の唇に飲み込まれる。荒々《あらあら》しい舌の動きに翻弄《ほんろう》されて、余計に胸が苦しくなった。

誘う前は、自分が主導権を握《にぎ》るとばかり思っていたから、積極的な直が意外だった。人形みたいに、動かないと思っていたのに。

「ふ……っ」

鼻に掛かった声が漏《も》れ、それが自分に似合わないほど甘いから、ひどく耳障《みみざわ》りに聞こえた。音を立てて唇や舌を吸われるだけで、興奮する。初めて女を抱《だ》いた時だって、こんな風にはならなかった。頭に血が上っていくのが分かる。高揚《こうよう》して、おかしな事を口走ったらどうしようと、懸念《けねん》した。

「は、ぁ、あ」

「先輩《せんぱい》、足……開いてください」

「っ……、俺が自分で開くのかよ」

言葉で要求せずに、お前が勝手にやってくれればいいのに、と思いながら足を開く。まるでスキモノみたいだ。

「俺の手はまだ冷たいので」

「普通に触れよ。どうせ寒さなんて、大して変わらねーよ」

変な所で律儀な後輩は俺の言葉を受けて、再び膝に手を掛《か》ける。さらに足が開かされ、その場所が緊張《きんちょう》の余り萎《な》えていることに気付く。直は相変わらず冷たい手で俺の陰茎《いんけい》に触れた。形を確かめるように掌《てのひら》に握り込まれて、柔《やわ》らかなそれをくにくにと手の中で遊ばれる。

「っ、んっ」

敏感《びんかん》な先端《せんたん》を指が掠《かす》めて、思わず背中を丸めた。直はそんな反応をめざとく見つけて、先の方ばかりを弄《いじ》る。半ば無意識に腰を引くと、その拍子《ひょうし》に芯《しん》を持った陰茎をきつく扱《しご》かれて、反射的にシーツを握りしめた。強く引き寄せたせいで、布団の端が剝《む》き出しになる。

「あっ」

声を出すと、突き飛ばすように直が俺を布団の上に押し倒《たお》す。

シーツの冷たさを背中に感じた。天井に向けた視界が定まる前に、足をカエルの様に広げられる。自分の間抜《まぬ》けな格好を情けないと思う間もなく、濡《ぬ》れた感覚に背中が引きつった。

「な、くち、やめろよ」

直の舌が、先程まで手の中で育てられていたものに這《は》う。わざと音を出すようなやり方で、追い上げられて、かぁっと顔に熱が集まる。居たたまれなくて足でシーツを蹴《け》ってずり上がろうとすると、腰を掴《つか》まれてさらに深く引き寄せられる。咄嗟《とっさ》に目をきつく閉じた。

自分が直のものを口でする様は想像したことがあったが、逆はなかった。

じゅっと音を立ててそこを吸われて、思わず両手で耳を塞《ふさ》ぐ。そうすると行き場を失った耳の中の音が、何度も脳に響《ひび》いた。

「ふ、ぁ」

甘えるような自分の声が倍以上に大きくなって聞こえる。それでも耳から手を離《はな》せない。予想外だった。男を抱けるとしても、ここまでディープな事はしないと思っていた。だって俺は直が焦《こ》がれた相手じゃない。まして同性だ。

「直……っ、あっ」

一際《ひときわ》きつく吸われて、俺はろくにやり過ごすことも出来ずに、直が口を離した拍子に達して仕舞う。尿道《にょうどう》の中を精液が走る身震《みぶる》いするような感覚が過ぎ去ると、急に泣き出したいような気持ちになった。

達した後も丁寧《ていねい》に嘗《な》められて、あまりのいやらしさに身を捩《よじ》る。シーツを引っ掻《か》いた爪先《つまさき》が、空を蹴る。膝裏に直が手を入れて、足を持ち上げたせいだ。

「いいですか？」

質問の意図が分からなかった。会話がうまく成立しないのは今更《いまさら》だから、聞き返そうとしたところで、俺の精液で濡れた直の指が穴の縁《ふち》をぬるぬると辿《たど》った。

「や、直……っ」

耳なんて押さえている場合じゃなかった。慌《あわ》てて直の体を押しやろうとすると、ずるりと指が奥の方まで入ってくる。濡れていたせいか、それは大した抵抗《ていこう》もなかった。

「っぁ、う」

鉤《かぎ》状にゆっくりと指を丸めて、直は俺の体の中を探《さぐ》る。痛みは覚えなかったが、異物感は強くて、思わず体が震える。ごつごつした関節が腹の中の柔らかい粘膜《ねんまく》に擦《す》れた。快感とも苦痛とも付かない曖昧《あいまい》な感覚が芽生え、早く抜《ぬ》き取って欲しくなる。

「や、めろって、そこ、嫌……だ」

ぐいぐいと指が体の内側を探る。途中《とちゆう》で指が増やされた。居たたまれない音は大きくなる。

「やっ」

過敏《かびん》な場所を直の指が掠め、背中が反る。解放された片足で、もどかしく布団《ふとん》を踏《ふ》みつけた。

「慰《なぐさ》めてくれるんじゃなかったんですか？」

「そ、だけど……っ、こんなの」

一方的すぎる。足を開いて、女みたいに声をあげるなんて、想像していなかった。

自分が直を抱こうとは考えていなかったけれど、抱かれるとしても主導権は自分にあると疑いもしなかった。直の上に跨《また》がって、躊躇《ため》らう直を俺が導く形になると思っていたのに、こんな風に直から積極的にされると、急にどんな態度を取ればいいのか分からなくなる。

知らず畳《たたみ》に伸《の》ばしていた指先が、茶色く変色した畳を爪《つめ》でがりがりと引っ掻いていく。

「ん、ん」

ぐぐっと、広がらない場所を開かれて、僅《わず》かな隙間が体の奥に生まれる。それを埋《う》めようと、内壁《ないへき》がぎゅうっとなるのが分かった。体の内側を弄られるというのは、すごくおかしな気分だ。

「っ、ひ」

中からゆっくり引き抜く時に、直が指を開く。

そのせいで穴の縁がゆるく広がったのを、自分でも感じた。ぬるりと指が出ていくと、次は硬《かた》いものが当てられる。それが何か分かった途端《とたん》に体が強張《こわば》った。

「怖いんですか」

確かめるように聞かれる。覗《のぞ》き込むように直の顔が近づいてきた。

「違う」

否定をしたが、自分が怯えているのは気付いていた。

抱かれることに対する恐怖《きょうふ》よりも、それで関係が崩《くず》れてしまったらという恐怖の方が大きい。直が、俺のことを嫌《きら》いになったら困ると思った。たかがセックスだ、と言っておきながらそれが与《あた》える影響《えいきょう》を恐《おそ》れているのは俺の方だ。

不意に髪にキスをされて顔を上げる。自分に向けられた目と視線が、かち合う。

「あ……」

情欲《じょうよく》にまみれた直の顔がどんなものなのか、知った。

熱に浮《う》かされて少し潤《うる》んだ目の奥に、鋭《するど》く突《つ》き刺《さ》さるような欲が見える。目元が僅かに赤く染まり、いつもより荒《あら》い息が唇から吐《は》き出されていた。そんな顔は初めて見る。実に人間らしい剝き出しの感情が浮かび上がっていて、見つめられているだけで肌《はだ》が粟立《あわだ》った。

「先輩」

顔を見ただけで、腰《こし》に震《ふる》えが来るほど気持ちが高ぶるなんて、どうかしている。

「っ」

もう一度、くちづけられた。触《ふ》れるだけの優《やさ》しい唇と、穴の上に押し付けられる硬い欲望の持ち主が同じ人間なんて、違和感《いわかん》がある。

直は俺の頭の横に両腕《りょううで》を突《つ》いて、正面から俺を見下ろした。

「先輩が、俺に怯《おび》える姿、見たくなかったんですけど……、これはこれでそそる」

直は無慈悲にそう言うと、俺の喉《のど》の上を舌でいやらしく嘗めた。

「う、ぁ」

喉の上を強く吸われると反射的に声が漏《も》れる。弓なりになった体を抱《かか》え込まれて、ゆっくりと直の硬くなった性器を挿《い》れられた。

「あ、は……っ、ッ」

直のそれは、長くて太い。痛みを伴《ともな》って奥の方まで進んでくる。

「お前、少し縮めよ……っ」

一向に慣れない苦しさに、文句を言いながら直の背中を叩《たた》いた。広げられる痛みを感じて、ぼんやりと視界が曇《くも》る。生理的な涙《なみだ》が視界を霞《かす》ませていく。

「自分も出来ないことを俺に要求するのは止《や》めてください」

冷静に聞こえる直の声も、肉欲で掠れている。もっと何か話していないと、おかしくなりそうだった。男を受け入れるっていうのは、変な気分だ。ぐっと腰を押し付けられると、その度《たび》に女みたいな声が上がりそうになって、慌てて唇《くちびる》を結ぶ羽目になる。

「う、う……っ」

深い。そんなに奥まで入って来ないで欲しい。なのに、腰を抱えられて直のを飲み込ませられる。太い幹が入り口の部分を擦《こす》ると、びりびりという刺激《しげき》が背中に伝わってくる。深い場所まで貫《つらぬ》かれて、抜けなくなったら困ると馬鹿《ばか》なことが頭を掠める。

「う」

優しく腰をさすられ、直が頬《ほお》にくちづけを繰《く》り返す。そんな甘い態度は直らしくないと思う。だけどそれが嬉《うれ》しいと感じる俺も、大概《たいがい》らしくない。

「怖《こわ》くないから」

宥《なだ》めるような口調だった。タメ口を使うなと言いかけて、別の声が上がりそうになって唇を閉じる。怖いなんて思っていない。そう伝えたいのにまだ震えていた。

直の物を最後まで埋め込まれて、きつく抱き締《し》められると、ようやく少しだけ落ち着く。こんな風に抱き締められるのは初めてだった。痛みを覚える程《ほど》強く抱きよせられて、肺の中で支えていた息を深く吐き出す。

「きついですか？」

直の話し方が急にまた敬語に戻《もど》る。

それを少し残念に感じた。埋まった筈《はず》の距離《きょり》が、また出来てしまったように思える。

さっきのは無意識に出た言葉だったんだろうか。

「動くの、もう少し待ちますから」

そう言って直が俺の萎《な》えてしまった物を撫《な》でた。

「っ、あ」

忘れていた直接的な刺激に、体は喜んで反応する。しかし反射的に中の物を締め付けてしまい、腹の奥がじんっと痺《しび》れた。甘い疼《うず》きを感じて、どうして良いのか解《わか》らずに直から視線を逸《そ》らす。ゆるやかな快感が、じわじわと染み込んでくる。

「平気ですか？」

直は気遣《きづか》うように口にする。平気じゃない。直を咥《くわ》え込んだ穴の縁はびりびりと痛むし、限界まで拡《ひろ》げられた中の方は苦しくて堪《たま》らない。内壁が甘く痺れて強い刺激を欲しがっていたが、それでも奥を突かれたら痛みを感じることは分かっている。だけどこのままじゃ直だって少しも楽しくないだろう。

「ふ、ぁ、っ……、直っ」

怖いなんて思っていないのに、怯えた声だった。それを誤魔化《ごまか》すように、直を抱き締めて名前を呼ぶ。そんな風にして耐《た》えていると、直がゆっくりと動き出す。

引き抜かれるときの方が気持ちがいい。笠《かさ》になってる部分が引っかかるせいかもしれない。浅い部分からぬるっと抜けそうになると、体に震えが走って反射的に直の腕《うで》を摑《つか》んだ。

ぞくぞくする。内壁が引っ張られて、抜かれそうになる度に達してしまいそうだった。

視線が合うと、直が「きついですか？」と聞いて来る。

何も言えずに視線を逸らす。直はそんな俺の頰に自分の唇を押し付けると、「嫌《いや》なときは嫌だって言ってください」と少し不安げに聞いてくる。

そういうんじゃない。そうじゃなくて……。

「直」

名前を呼ぶと、直はそれだけで俺の内心に気付いたように、ふっと息を吐いて、先程よりもきつく奥まで入ってきた。

「ン」

「先輩《せんぱい》、ここが好きなんですか？　擦《こす》れる度にぎゅうぎゅう締め付けてくるけど」

直が一番敏感《びんかん》な場所にぶつかるように腰を使う。

「っあ、あぁぁっ」

自分でも驚《おどろ》くぐらい大きな声が出て、首に回した手に力が入る。足がびくびくと爪先《つまさき》まで痺れて、思わず咥え込んだ直の陰茎《いんけい》をぎりぎりと締め付けた。

「んー……っぁ」

「っ」

直が息を呑《の》み、身震《みぶる》いをする。

俺の体で感じてるなんて嬉しい。反応するんだ、と単純に胸が熱くなる。苛《さいな》まれているのに、体の中にある直の欲望が愛《いと》しくなった。その気持ちは体と連動していて、意識せずとも全身で直を抱き締めてしまう。それにこんな状況《じょうきょう》じゃなければ、きつく抱き締める事なんてできない。

「気持ちいいのか、よ？」

思わず聞いた。肯定《こうてい》して欲しいと思った。

「俺のなか、いー……の？」

喘《あえ》ぐような呼吸の合間に訊《たず》ねると、直はぎゅっと眉間《みけん》に皺《しわ》を寄せる。それから低く押し殺した声で「挑発《ちょうはつ》するの、止めてください」と言った。

「乱暴にしたくないです。我慢《がまん》させたり、苦しませたり、できればしたくない。だから煽《あお》るのは止めてください」

俺が馬鹿みたいな悪戯《いたずら》で直を困らせるとき、いつもこんな顔で直は俺に注意する。「怒《おこ》りますよ」と、忠告するみたいに。だけど別にからかいたい訳じゃない。直よりも俺の方が切羽詰《せっぱつ》まっているんだ。余裕《よゆう》なんてない。

「そ、ういう、つもりじゃ、な……なくて」

挑発じゃない。試《ため》している訳でもない。ただ確認《かくにん》したいだけだ。良いって言われたら、何だって耐えられそうな気がする。

急に動かなくなった直に焦《じ》れて、穴の中が促《うなが》すように蠢《うごめ》く。それは自分の意志じゃなかったが、直に咎《とが》めるような視線を向けられる。

だから、違《ちが》うんだって。

「俺は、いいけど……直もいいのか、なって。直の、すごく硬《かた》くて、だから……」

話している途中《とちゅう》で唇を直のそれで塞《ふさ》がれた。繋《つな》がったまま、そんな風にされると体中を直に支配されている気分になる。

「ん、何……ぁ」

腰《こし》を抱え直され、貪《むさぼ》るように激しく突《つ》き上げられた。肉がぶつかる場所が今までよりも大きな音を立てる。直はもう何も喋《しゃべ》らずに、ただただ荒《あら》い息を漏らしながら時折俺の唇を塞ぐ。

「あっ……ぁっ、ん、な」

俺の唇は直にくちづけられていないときは、馬鹿みたいに甘い声をあげ続けていた。

良い場所ばかり責められて、萎えた性器が再び腹に着く程に反り返る。気持ちが良かった。自分が入れる側でいるときとは種類の違う快感に、混乱した頭の中が意味不明な言葉を唇から吐《は》き出させようとする。だけどそれは明確な形を取らず、母音《ぼいん》の羅列《られつ》になって消えてしまう。

「なお、っ、ぁ、や……っ、ぁ、直、ひっ」

声をあげながら、果てなければいいと思った。終わりたくないと、ただそれだけ願いながら溺《おぼ》れる者のようにしがみつく。注ぎ込まれる熱で体の内側が炙《あぶ》られて、気持ちが溶《と》け出してしまう。いっそ吐露《とろ》してしまいたいと、痛切に感じた。

だけどそれは許されないから、目を瞑《つぶ》って奥歯を噛《か》みしめる。

好きだった。青臭《あおくさ》いその気持ちが瞼《まぶた》の裏から溢《あふ》れて、頬を濡《ぬ》らしてしまうぐらいに。

「っ、く……っぁ」

直は俺が泣いていることに気付くと、あやすように俺の頭を撫でる。

「んっ」

それにほっとした瞬間《しゅんかん》、張りつめていたものが弾《はじ》ける。

「………ぁ、う」

達した瞬間に咥えた物を締め付けてしまう。直は呻《うめ》きながらも少しだけ持ちこたえて、何度か揺《ゆ》さぶった後で俺の腹の上に出した。射精している間、居たたまれない気分で目を伏《ふ》せていたが、終わっても直は離《はな》れようとしなかった。そのまままいったばかりで敏感な体に再び埋《うず》められ、小刻みに責められて、もう一度声をあげる羽目になる。

今度は俺が非難の意味を込めて顔を見上げると、直は俺が見たことのない様な種類の笑《え》みを浮《う》かべて「先輩が悪い」と言った。

相変わらず、こいつはすごく生意気だ。

『先輩、起きてますか?』

『あー……寝《ね》てた』

頑張《がんば》って目を開けていようとするほど、瞼が落ちてくる。

開いたテキストは真っ白で、蛍光灯《けいこうとう》の明かりを反射する。衛生学に関するレポートを書かなきゃいけないが、仕事の疲《つか》れが溜《た》まっていてついうとうとしてしまう。

直は週に一度は必ず俺のマンションに来る。何をするかと言えば、真面目《まじめ》にお勉強だ。以前だったらそんな直を笑っただろうが、俺も通信学習のテキストを開いて向かいでシャーペンを握《にぎ》って勉強している。だけど日中は働いているので、いつの間にか眠《ねむ》ってしまうことが多い。

『俺、そろそろ帰ります』

直が英和辞典を仕舞《しま》うのを見ながら「なんで？　泊《と》まれば？」と返す。

無意識下で宇宙と交信していたとしか思えないような、解読不能の文字を消しゴムで消す。しかし文字の体裁《ていさい》を保っている箇所《かしょ》も支離滅裂《しりめつれつ》で、一文の中に複数個の主語があった。どうやら全体的に書き直した方が良いらしい。

『寝るところ、ないじゃないですか』

夏はソファを貸していたが、確かにそろそろ夜は寒い。といってもベッドは備え付けのものが一つあるだけだ。

『じゃあ一緒《いっしょ》に寝れば？　ちょっと狭《せま》いけど』

過去に一度だけ一緒のベッドで寝たことがあった。俺がまだ高校生の頃《ころ》だ。初めて直の家に行った日だった。あの日は家に帰れなくて、仕方なく直の家に泊まったのを覚えている。セミダブルのベッドを二人で使ったが、酒臭かったのか直に「出来るだけ離れてください」と言われた。あのとき、思春期の娘《むすめ》に拒絶《きょぜつ》される父親の気持ちが少し分かった。

『いいんですか？』

『いいよ。俺、先に寝るからお前も眠たくなったら入ってくれれば？』

白紙になったレポートを片付ける。明々後日《しあさって》に必着だから、まだ間に合うだろう。最悪の場合は当日FAXで送ればいいと思いながら、歯を磨《みが》いてからベッドに入る。

直は帰らなくて良いと解《わか》り、移動時間分を勉強に充《あ》てることにしたようだ。先程の辞典を再びバッグから取り出す姿を横目に、俺はシーツに頰《ほお》を付ける。

『直、目覚まし六時半にかけといて』

そう言って、返答を聞く前に俺は眠りに就《つ》いた。

しばらくしてから、ごそごそという衣擦《きぬず》れの音がして、僅《わず》かに意識が浮上《ふじょう》する。背後に誰《だれ》かの体温が触《ふ》れて「ああ、直が入ってきたのか」と夢現《ゆめうつつ》に認識した。

『めざまし、かけた？』

声を掛《か》けると、びくりと直が震《ふる》えたのが伝わってくる。俺が眠っていると思っていたらしい。

『かけました』

『なら、いい』

首筋に直の吐息《といき》が触れるのを感じた。背中からゆるく抱《だ》き込まれるような体勢を疑問に思ったが、すぐに狭いから腕《うで》のやり場がないんだろうと納得《なっとく》する。

『気持ちいいな』

『何がですか？』

声が心地《ここち》よく耳に届く。眠いのに、その音を五月蠅《うるさ》いとは思わなかった。そういえば直の声はいつも、邪魔《じゃま》にならない程《ほど》に低くてそれでいてやけに聞き取りやすい。

『お前の声と、体温……。一人で寝るより、気持ちがいい』

自分の声がぼやけた。脳がゆっくり活動速度を落としていくのが分かる。起きているのを体が拒《こば》んでいる。逆らう理由もなかったので、大人しく瞼を閉じた。

ふと、髪《かみ》を撫《な》でられたような気がした。剝《む》き出しの肌《はだ》に直の掌《てのひら》が這《は》ったような感覚もあったが、夢だったかもしれない。何故《なぜ》なら次に聞こえた直の声が、俺の名前を呼んだからだ。

『まさちか』

直は俺の事を下の名前では呼ばない。だから、恐《おそ》らくそれは現実じゃない。だけど久し振《ぶ》りに他人の口から聞いた自分の名前の響きは心地よくて、俺はその音の余韻《よいん》を追い掛けるように眠りに落ちた。


出社すると眠そうな顔で新人弁護士が事務所に届く朝刊を読んでいた。

「早いですね」

「やー……昨日終電なくて、事務所泊《と》まったんですよ。本当はマンガ喫茶《きっさ》に泊まるつもりだったんですけど、どうせなら仕事しようかなって思って。でも結局、深夜映画と通販《つうはん》番組見ちゃって、気付いたら朝でした。だけど、清水さんも早いですよね。どうしたんですか？」

「昨日やり残した仕事があったので」

「真面目ですねー……。もう臨時とかじゃなくて正式に入っちゃえばいいのに」

欠伸《あくび》を嚙み殺しながら新聞を捲《めく》る姿を横目に、朝の掃除《そうじ》を始める。事務員の仕事の一つだ。机やドアノブを水ぶきして、フロアに掃除機を掛ける。面談室の隅《すみ》に置かれた観葉植物に水をやり、給湯室の水切りに入っている食器を片付けた。しばらくして出社の早い所長と草田が事務所に顔を出したので、早速《さっそく》お茶を淹《い》れようとすると、新人弁護士が「俺がやりますよ。やり残した仕事片付けちゃっていいですよ」と申し出てくれた。

「ありがとうございます」

そう言ったものの、やり残した仕事というのは嘘《うそ》だ。顔を合わせたくなかったから、まだ直が寝ているうちにシャワーを浴びて家を出て、二十四時間営業している定食屋で二時間ほど時間を潰《つぶ》してから来た。

眠っていた時間は短い。恐らく二時間か三時間ぐらいだろう。目覚めたときに俺は直に背中から抱き込まれていて、強い恐怖感《きょうふかん》を覚えた。この温《ぬく》もりと心地よさは知らない方がいいと気付いて、腕から抜《ぬ》け出した。慣れてしまえば餓《う》えてしまいそうで怖《こわ》い。

出社時間の三十分前に事務所にやってきた直は、俺の顔を見て「午後四時頃に来客があるので、コーヒーをお願いします」と口にした。

来客があれば言われずとも用意する。そんな風に頼むなんて珍《めずら》しいと思いながら、夕方近くに来た男にコーヒーを出す。序《つい》でに他《ほか》の弁護士の分も入れてデスクに持っていくと、ちょうど所長から茶封筒《ちゃぶうとう》に入った書類と住所の書かれたメモを渡《わた》された。

「すまないけど、ここに持っていってくれるか？ 与島君に渡してくれればいいから」

メモにある住所が与島のいる弁護士事務所らしい。俺でも知っているような大手だった。見た目通り優秀《ゆうしゅう》なのだろう。

「あと今日は妻がいないから、これ、分かってるね」

声を潜《ひそ》めて所長が俺に細長い封筒を渡す。薄《うす》い封筒なので、中の万札が透《す》けて見えた。

「いいんですか？」

「みんなの分も買ってきていいから。清水君は幇助犯《ほうじょ》だから、妻にばれたら同罪だよ」

二人三脚《ににんさんきゃく》でダイエットしているはずの所長は、駅ビルにあるお好み焼き屋のオリジナルメニューが大好物だ。

「ばれないように気を付けます」

俺が請《う》け合うと、所長は子供のようににっこり笑う。

副所長が作った弁当をみる限り、ヘルシーで淡泊《たんぱく》な物が多い。健康には良いかもしれないが、そんな食事ばかりではストレスも溜《た》まるだろう。だから副所長には申し訳ないが、同情心から既に何度も裏切りに加担していた。

金の入った封筒をバッグに入れて、与島の弁護士事務所に電車を乗り継いで向かう。オフィス街の一等地に居を構えたそのビルは、弁護士費用が心配になる程立派な佇《たたず》まいだった。

でかいビルの前に立てられた看板に、社名が入っていることを確認《かくにん》してから、エントランスに入る。ホールも大きく天井《てんじょう》は三階までぶち抜かれていた。階数が高いので高層階用のエレベーターに乗る。メモにある階で降りると、すぐに受付嬢《じょう》と目があった。

「和喜弁護士事務所から参りました。与島さんはいらっしゃいますでしょうか？」

「いつもお世話になっております。確認致《いた》しますので少々お待ちください」

微笑を浮かべて受話器を持ち上げた受付嬢は、通話が終わると俺を幾《いく》つかある面談室の一つに案内した。白い家具で統一された部屋の隅には観葉植物が置かれている。もしかしたら弁護士事務所には観葉植物がつきものなんだろうかと考えていると、しばらくしてドアが開く。入ってきた与島は俺の顔を見ると、片眉《かたまゆ》を上げた。他の人間が来ると思っていたのかも知れない。

「お時間を割《さ》いて頂いてすみません。書類を届けに上がっただけなのですが」

以前会った時はタメ口で話していたから、敬語で話すのは据《す》わりが悪い。

それに相手は直の元恋人《こいびと》だ。

「いえ、ちょうどあなたとは……お話ししたい事があったので」

与島はそう言うと、俺に椅子《いす》を勧《すす》めた。俺が腰《こし》を下ろすと与島も向かいに座る。そのタイミングで綺麗《きれい》な女が紅茶を運んできた。

彼女が出ていったのを見てから与島は「いいですか？」とテーブルに置いた書類に視線を向ける。俺はそれを与島に差し出した。

中身を確認してから与島は「わざわざすみません」と口にする。

「話っていうのは、直の事です。清水先輩に一度聞いてみたいことがあったので」

与島は躊躇《ためら》いも見せずに「直とはどういう関係なんですか？」と単刀直入に言った。

「関係って、ただの先輩《せんぱい》と後輩《こうはい》ですけど？」

体を繋《つな》いだのは昨日だけだ。実際の俺達の関係は何も変わっていない。

「本当にそれだけですか？」

何故そんなことを訊くんだと思いながら「はい」と頷《うなず》く。

与島は納得していない顔で「そうですか」と詰《つ》まらなさそうに呟《つぶや》いた。

「勘違《かんちが》いしていたみたいですみませんでした。もう結構ですよ」

素っ気なく立ちあがった与島に、今度は俺が問いかける。

「結婚《けっこん》するんですよね？　直に……、未練を抱いたままどうして他の人を選んだんですか？」

不躾な質問に対して与島は表情を変えない。

純粋な疑問だった。想い合う二人が何故別々の道を歩むのか、知りたかった。

「答える義務はないと思いますが」

突《つ》き放すような口調だったが、与島は「気になりますか？」と続ける。

迷いながらも「はい」と答えた。直には訊《き》けないが、ずっと気になっていた。与島は俺の目を真っ直《す》ぐに見る。虹彩《こうさい》のどこかに、俺の心情が浮《う》き上がっていないかと探《さぐ》っているようだった。その視線を受けて、俺も与島の瞳《ひとみ》を見返す。改めて視《み》れば随分《ずいぶん》と綺麗な男だった。どちらかというと女顔だが、決して弱々しい印象を抱《いだ》かせない。自分に充分《じゅうぶん》な自信を持っているのが所作から窺《うかが》える。かといって尊大ではなく、嫌味《いやみ》な雰囲気《ふんいき》はない。

直の横に立っていても、遜色《そんしょく》のない男だった。

見た目も良い、仕事もできる、恐らく金もある。そんな相手と向き合うと、自分が矮小な存在に思えた。俺にはちゃんとした仕事もない。自分から捨ててしまった。心の底では美容師に戻《もど》りたいと思っているのに、就職活動もしていない。それに臆病者だ。気持ちを告げずに、押しつけがましい台詞で直と体を繋いだ。目の前の男と張り合える気がしなかった。

「私では彼を幸せにできないからです。私自身も幸せじゃない」

思わず返答に困っていると与島は「もっとも、あなたの言うとおり未練は残ってしまいましたが」と言ったが、後悔《こうかい》している口振《くちぶ》りではない。以前、アパートの前で感じたような敵意はもう感じなかった。未練はあっても、もう諦《あきら》めているのかも知れない。

「女と結婚すれば幸せになれると思ったんですか？」

与島は口元に微笑《びしょう》を浮かべると、的外れな質問をする子供と向き合った教師のように、ゆっくりと首を振《ふ》った。

「一方的に直を好きでいることに疲《つか》れただけです」

直は今も与島に未練がある。相思相愛じゃないか。与島は何か勘違いをしているのかも知れない。けれど俺は何も言わなかった。俺の言葉をきっかけに、二人が復縁《ふくえん》するのが嫌《いや》だった。我ながら利己的だ。酷《ひど》い先輩だと自覚しながらも、「直は女と結婚する方がいい」と自己欺瞞《ぎまん》で言葉を飲み込む。

「もういいですか？　私も仕事があるので」

「立ち入ったことを聞いてすみませんでした」

出されたお茶には手を付けないまま、立ちあがる。

与島はドアを開けるときに「結婚式は来年なんです。所長達は呼びますけど直は呼びません」と言った。何て返したら良いのか解《わか》らなかったから、和喜弁護士事務所のスタッフとして一礼だけして部屋を出る。

帰りは与島と直のことを考えていたせいで、電車を乗り過ごしそうになり、慌《あわ》ててホームに降りた。事務所のあるビルに戻ってから、階段を上っている最中に頼まれていたお好み焼きを買い忘れた事に気付く。仕方なく駅まで戻り、五人分のお好み焼きを買って事務所に帰った。

直はデスクにいて、書類を視ながら電話中だ。所長は上機嫌《じょうきげん》で早速《さっそく》お好み焼きに飛びついたが、食べている最中に副所長がやってきてしまい、「今後の二人の事に関して話し合いましょう」と面談室に連行されていった。

「うわー……これでまたしばらく冷戦じゃないですか？」

新人弁護士が心持ち面白《おもしろ》そうに口にする。

「冷戦？」

「所長と副所長ってしょっちゅう喧嘩《けんか》するんですけど、そうなると副所長が所長に対して敬語使うようになったり、お弁当作らなくなったりするんですよ。大抵《たいてい》一、二週間で元に戻るんですけど。あの二人見てると結婚する気なくなるんですよねー……」

お好み焼きを頬張《ほおば》りながら、面談室に視線を向ける新人弁護士の目は哀《あわ》れみで満ちていた。

「俺は、二人みたいな夫婦《ふうふ》が理想ですけど」

「えぇー……清水さんて尻《しり》に敷《し》かれたい願望があるんじゃないですか？　俺は大人しい人が好きですね。出来れば弁護士じゃない方がいいなぁ。万が一離婚《りこん》したときに痛手を負いそうだし」

尻に敷かれたいわけじゃない。女が元気な家庭に憧《あこが》れるだけだ。男に隷属《れいぞく》しない、対等な関係を見ていると、ほっとする。

「でも俺も蒟蒻がメインディッシュの弁当は無理ですけど」

そう口にして草田のデスクの上に個別包装されたお好み焼きを置く。草田は外出中だが、何も聞いてないから帰社する予定はあるのだろう。

電話中の直のデスクにもパックに入っているお好み焼きを置くと、メモを見せられた。

『遅《おそ》くなるので、夕食はいりません』

会話しながら関係ない文章を書けるなんて器用な奴《やつ》だと思いながら、俺はそのメモを受け取って自分のデスクの横にある屑籠《くずかご》に入れた。

今日はもうすでに勤務時間を過ぎている。

しかし帰り支度を整えていると、面談室から顔を覗《のぞ》かせた副所長が俺を呼んだ。

「清水君、ちょっと来てくれる？」

もしかしたら共犯者として俺も粛正《しゆくせい》されるのだろうか。こんなことなら早めに帰るべきだったと後悔しながら、勧められた椅子に腰を下す。斜向《はすむ》かいに座る所長は項垂《うなだ》れていた。窶《やつ》れた顔を見て、新人弁護士が言っていたことも一理あるかも知れないと感じた。

「事務の仕事は慣れた？」

副所長に聞かれ「なんとか」と答える。大きな仕事を任されていないので、大したミスは出していない。

「とりあえず、清水君には臨時ってことで入ってもらってたんだけど、どうかしら……まだうちの事務所で働く気ある？」

裏切りの咎《とが》で首切られるのかと思っていると「実は面接希望の子がいるの。事務経験は長いんだけど、実際働いてみないとうちの事務所に合うかどうか分からないから、もしも清水君がこのまま事務を続けてくれるようなら、面接はお断りしようと思ってるのよ」と微笑む。

「最初はちょっと髪《かみ》の色が派手だと思ってたけど、他《ほか》のスタッフとも仲良くやっているみたいだし、それに寺國君から清水君が信用できる人物だって言うのは前々から聞いていたから」

副所長の言葉に「な、寺國は俺のことをどんな風に話しているんですか?」と尋《たず》ねた。

直が俺の話をするとは聞いていたが、どんなことを話しているのかは訊いたことがない。

「暴力が嫌《きら》いだと聞いたな。誰《だれ》かその被害《ひがい》にあっていると、絶対に割って入っていくんだって。それで自分が非難されたり、不利益を被《こうむ》ったとしても何も言わずに耐《た》えている所が放っておけないとか。あんまり熱っぽく語るもんだから、最初は女性なんだと思っていたよ」

先程《さきほど》まで憔悴していた所長が、気を取り直すように話し出した。

熱っぽく語る直なんて、想像が付かない。そういえば折角《せっかく》同じ職場で働いているのに、まだ一度も直が法廷《ほうてい》に立つ姿を見ていなかった。

「雨ニモマケズ、みたいですね。俺は、そんなに良い人間じゃありませんよ」

それにデクよりもどちらかと言えば、ヨダカの方に共感を覚える。

副所長が小さく笑ってから「事務員の件は少し時間をあげるから考えてくれないかしら。今週中に決めてくれればいいから」と口にする。

有り難《がた》い話だというのは分かっていた。けれど、やはり俺には美容師の方が向いている気がする。自分の腕《うで》に自信をもって働いている方が、まだ直の横に立つ資格がある気がした。

「せっかくですが俺は、美容師に戻ります。だけどそんな風におっしゃってくださって、ありがとうございます」

今までの感謝を述べて頭を下げる。スタッフの事は好きだ。直と働けるのも気に入っているが、いつか直がどこかの誰かと幸せになるのを冷静に見ていられる自信がない。

だから与島も、ここを辞《や》めたのだろうか。

「そう、残念だわ」

「次の人が決まるまでは、続けさせて頂きます」

改めて頭を下げると、副所長は本当に残念そうに「気が変わったら言ってね」と口にした。

今日はもう帰って良いというので、面談室を出てからデスクに戻る。

中途半端だった帰り支度《じたく》を終えてから直に視線を向けたが、相変わらず電話中だ。

新人弁護士に挨拶《あいさつ》をしてから、食べていないお好み焼きを持って事務所を出る。事務員の仕事を断った以上、美容師の仕事を探さなければならない。もっと早くからそうすべきだった。

家路を辿《たど》りながら、ふと直は俺の決断を怒《おこ》るだろうかと考える。折角直の紹介《しょうかい》で働かせて貰《もら》ったのに、安定した仕事を自分から断るなんて贅沢《ぜいたく》だと言うだろうか。

「いや、あいつはそういうことで怒ったことは一度もないな」

怒るのはいつも、俺が虐《しいた》げられたときだった。そしてそれを俺が甘んじて受け入れたとき。

怒ると言うよりも憤《いきどお》る感覚に近いのかも知れない。まるで愛されているみたいだ。

けれど仮にそうだとしても、そこにあるのは友愛なんだろうけど。でもそれでいい。それだけで、俺は充分なんだ。

家を出て半年以上経《た》ってから、けじめを付けるために一度家に帰ったのは、母親の安全を確《かく》認《にん》したかったからだ。序《つい》でに自分の荷物も処分するつもりだった。必要な物は既《すで》に運び出している。残っているとしてもガラクタだけだろうが。

家を出るときはそれまでにない程の熱心さで散々引き留められたが、俺はその申し出を断った。それでも母親が心配だったから月に一度は電話していた。だけどその電話も、一人暮らしをして二月が過ぎた辺りから、忙《いそが》しさを理由に切られるようになった。ちょうど最後に義理の父親が俺の部屋を訪《おとず》れた頃《ころ》だ。そうしていつの間にか電話番号が変わっていた。

事前に電話で連絡《れんらく》が出来なかったので、帰るのは母親が家にいる確率の高い昼時にした。駅前の洋菓子《ようがし》店で買った好物のシュークリームを手に、見慣れた家のドアを開けようとすると、母親が大きな腹をさすりながら出てくる。

その瞬間《しゅんかん》義理の父親の言葉を思い出す。「子供ができる」と言っていた。

あの話は本当だったのかと驚《おどろ》き、母親の口から知らされなかった事が寂《さび》しかった。

『……何しに来たの』

呆然《ぼうぜん》と立っている俺に気付いた母親が、怯《おび》えた様子でそう言った。謂《い》われのない反応に傷つきながら「久し振《ぶ》り」と声を掛ける。

顔には痣《あざ》や傷はなかった。その事に安心して、知らぬ間に詰《つ》めていた息を吐《は》き出す。

近づこうとすると、母親は揺《ゆ》れる瞳《ひとみ》で俺を見る。まるで今にも逃《に》げ出したくて堪《たま》らないと言わんばかりの態度に、続く言葉を吐き出せなくなった。

『保険金は解約したって言ったでしょ。今更《いまさら》何の用なの？』

『保険金……？』

予想しなかった単語に首を傾《かし》げると、母親がせせら笑う。

『惚《とぼ》けてんじゃない。後輩《こうはい》を使って、私の夫を脅《おど》したくせに。大体その歳まで育てて貰ったんだ、少しぐらい感謝してもいいんじゃないの？　軽い怪我《けが》でも、給付金は支払《しはら》われたんだから』

『どういう、意味だよ』

何の話をしているのか理解できなかった。

母親は俺が答えを知っていて問いかけていると思ったのか、苛々と首を振ると「大人しくしていると思ったら、今更現れるなんて」と舌打ちする。

『言って置くけどその件で脅したって、何にも出ないよ。あんたに掛《か》けた保険を解約する代わりに、二度と近づかないって約束は守ってるだろ。こっちは元も取れずに大損だよ』

『……俺のこと、殺そうとしてたのかよ』

呆然と呟《つぶや》く。掛け金の元を取るって事はそういうことだ。信じられない気分だった。

母親は一瞬《いっしゅん》だけ罪悪感めいた物をその目に浮《う》かべてから、「怪我で良かったんだよ」と視線を逸《そ》らす。そういえば高校を卒業する前に、やたらとついていない時期があったことを思い出す。バイクに撥《は》ねられたり、駅のホームで後ろから誰かに突《つ》き飛ばされたり。どちらも大事には至らなかったし、俺に恨《うら》みのある同世代の連中が犯人だと思っていたが、あれはそういうことだったんだろうか。俺を急に家に引き留めようとしたのは、殺すためだったのか。

『……直が家に来たのか？』

後輩で思い当たる人物なんて、一人だけだ。

『まるで私とあの人の事を犯罪者扱《あつか》いよ。親が弁護士だからって、いい気になって』

憎々《にくにく》しげに母親が吐き捨てると、腹の子を俺から守るように体を斜《なな》めにする。

『その子にも保険金を掛けるのかよ？』

思わずそう口にした。自分の母親から聞いた話が信じられなかった。信じたくなかった。

『この子はあの人と作った、私の大事な子供よ。まさかそんな事するわけないじゃない』

母親の言葉に実の父親と暮らしていた頃のことが思い出される。俺達は共に暴力を振るわれていたが、母親は俺が殴《なぐ》られそうになる度《たび》に庇《かば》ってくれた。次第《しだい》に父親の暴力に負けて、結局俺は殴られる羽目になったけれど、「私の大事な子供にひどいことしないで」と目の前の女が言っていた事を、俺は今でも覚えている。

『もう来ないでちょうだい。あんたの顔も、あんたの子分の顔も見たくないわ』

そう言って、母親は家の中に戻《もど》ってしまう。

いつか生まれる子供のことを考えながら、来た道を戻った。着ているものが少しましになった気がするから、義理の父親が仕事をはじめたのかもしれない。そうだといいな、と思った。

家に帰ると、合い鍵《かぎ》を持っている直が既にマンションの中にいた。

結局俺はまだ直のマンションを又借《またが》りしている。それでも一年の約束は守るつもりだ。来年近くの大学に進学予定の直に部屋を返して、俺はどこか別の部屋を探す予定だ。

一緒《いっしょ》に暮らさなくても直は頻繁《ひんぱん》に来てくれた。恐《おそ》らく新しい部屋に移っても、直は勉強道具を持って俺の部屋に遊びに来るだろう。だから俺は安心してこの部屋を出ていく事が出来る。

『受験、頑張《がんば》れよ』

そう言うと、直はテキストから顔を上げて「どうかしましたか？」と言った。

目の前には綴《と》じられていないルーズリーフのノートが散らばっている。

『別に、ただ……』

ただ、なんて言えばいいのか分からなかった。

言葉を探している途中《とちゅう》で、いつの間にかシュークリームの入った箱を持っていない事に気付いた。折角《せっかく》五個入りの美味《うま》そうな奴《やつ》を買ってきたのに、どこかに置いてきて仕舞《しま》ったようだ。

十年以上ぶりに、食べるのを楽しみにしていたのに、一体何をしているんだか。

『直、俺……』

『何です？』

俺は何が言いたいんだろう。

『先輩《せんぱい》？』

直が首を傾げる。

義理の父親がマンションに来たとき、直は以前にもあいつと会っているような口振《くちぶ》りだった。その事を今更ながら思い出す。保険金の話を知っていたから、卒業式の日に執拗《しつよう》に俺に一人暮らしを勧《すす》めたのかも知れない。どうして勝手に話を付けた、何故教えてくれなかったと責めたかったが言いにくいよな、と思い直す。それに教えられたとしても信じなかった。実の親に金のために殺されかかっていたなんて、十代の子供にはきつい現実だ。いや、今だってきつい。

『俺、今日お前が居てくれて良かった』

感情の中で、唯一明確な気持ちを口にすると、直は『何かありましたか？』と眉を寄せた。

『……ちょうど、酒が飲みたかったんだ』

こんな日に一人きりは辛《つら》過ぎる。誰《だれ》かに、直に側に居て欲しかった。

『俺は未成年だから飲めません。それでも良ければ側に居ますよ』

『それだけでいい』

側に居てくれるならそれだけでいい。だから、ずっと側に居て欲しい。

声に出さずに願いながら、背中に抱《だ》きつく。腹の上に腕《うで》を回しながら、今この手を離《はな》したら、胸の中で出口を求めて渦巻《うずま》く感情に溺《おぼ》れ死んでしまう気がした。

服越《ご》しに伝わる熱を感じながら、どちらかが女であれば良かったのにと考える。そしたらきっともっと深く、この温《ぬく》もりを感じられた。正面から抱き締《し》めて抱き締められて、何も考えなくて良いぐらいに繋《つな》がれたのに。

——なんだ……、俺はそういう意味でこいつが好きだったのか。

こいつの温もりに嫌悪《けんお》感《かん》を覚えない理由も、こいつが帰った後はやたらと寂しくなるのもそれが原因だったのか。

今更気付いて思わず笑った。直は怪訝《けげん》そうな顔でその理由を聞いたが、俺は誤魔化《ごまか》す。直を抱きたいなんて、直に抱かれたいなんてとてもじゃないが言えない。

『直』

呼べば、すっと心の奥が軽くなる。

俺はもうずっと長い間、声に出さずとも直の名前を呼び続けていた気がした。

「フリーランスになれば？」

真剣《しんけん》に職探しを始めてはみたものの、なかなか良い店はみつからない。

そんなとき久し振りの休日に雄太から電話がかかってきた。仕事がみつからないとぼやいたら、「五千円あげるから店に来い」と言われた。一体何をさせられるのかと思いながら向かうと、狭苦《せまくる》しい店の控《ひか》え室に通されて、髪《かみ》のセットを命じられた。

現在旧友の髪にウィッグを装着しているところだ。因《ちな》みに雄太の衣装はシースルーのナース服だ。股間《こかん》を守る黄緑のブーメランパンツまで透視《とうし》できる。首からは紫《むらさき》にラメ入りの聴診器《ちょうしんき》を下げていた。ごつい男の女装はシュールで、ある意味芸術的と言えなくもない。少なくともアバンギャルドで革新的ではある。反体制的な気配が蛍光色のパンツに漂《ただよ》っている。

「フリーで食って行く自信なんてねーよ。ああいうのは相当名前が売れてないと無理だ。俺は普通《ふつう》の美容院でいいんだよ。出来れば競争意識の低いところな」

「競争意識の低いとこって、すぐに潰《つぶ》れるんじゃねぇの？」

「意識が低いっていうか、地域に根付いた昔ながらの美容院みたいな」

そう言った途端《とたん》に、横の席から野太い声を掛けられる。

「チカちゃん、これもういいんじゃない？」

「チカって呼ぶな」

反撥《はんぱつ》しながら雄太の同僚《どうりょう》の頭に巻いたカーラーを取り、軽くスタイルを整える。

控え室には必要なものは大抵《たいてい》あった。大きなドレッサーも、スタイリング剤《ざい》やカラー剤も全《すべ》て揃《そろ》っている。ヘアピンも無数に置いてあったので、身一つで来ても不足はない。

再びピンを手に雄太の髪を弄《いじ》る。エクステの方が面倒《めんどう》がなくて済むが、雄太はプライベートまで長い髪でいるのを嫌《きら》い、決して俺の提案に頷《うなず》かない。

「祥央のチカね。可愛《かわい》いじゃない」

さらに横でコテを使って縦巻きロールを作っていた見知らぬ男が、同調するように頷く。

「でしょでしょ？　お金がないならチカちゃんもお店に出てみる？　結構楽しいわよ」

「客に体を触《さわ》られたら、そいつの鼻の軟骨《なんこつ》をもぎ取る自信ある」

「こわっ！　なんなの、その攻撃《こうげき》！　何、この子そういうキャラなの⁉　武闘派《ぶとうは》はねねちゃんだけで手一杯よ。灰皿で客の顔面殴ったときなんて、営業停止になりそうだったんだから」

思わず鏡越しに旧友に視線を向ける。雄太は反省した素振《そぶ》りも見せずに「むしゃくしゃしてやった」と、突発《とっぱつ》的な犯罪に手を染めた容疑者の常套句《じょうとうく》を口にした。

「あの時は弁護士さんが片付けてくれたからいいけど」

「あの若くて格好良い子でしょ？　タダでやってくれるなんて太っ腹よね」

「いいわよねぇ。お客さんとして来てくれないのかしら、ナオちゃん」

その名前を聞いて、思わず手にしていた髪を引っ張る。

「っ、いっ、てぇよ、クソッ」

ウィッグだが、地毛とネットをピンで繋いでいるので、当然痛みは伝わる。

「……聞いてねーけど」

「っだ、って、やめろ、てめぇ、禿《は》げるっ」

俺がぱっと手を離すと、雄太は髪を押《お》さえながら殺意の籠《こ》もった目で振《ふ》り返る。

「信じられねぇ。毛がぶちぶち抜《ぬ》けたぞ！　将来的に禿げたらマジで殺すわ」

「シースルーのナース服着てる奴に凄《すご》まれても、一ミクロンも怖《こわ》くねーよ、馬鹿《ばか》」

「お前等、本当に似てるよ。どっちもお互《たが》いが絡《から》むと冷静さを失う所とか、そっくりだな」

ぼさぼさになってしまった髪を雄太は自力で直す。一度ウィッグを外すつもりらしく、手探《てさぐ》りでピンを探している。俺はその間に、他《ほか》の連中のセットを終わらせた。口の重い雄太の代わりに、他のキャストは聞かれるがままに俺の質問に答えてくれる。

話を総合すると、雄太が問題を起こした相手はこの界隈《かいわい》で名の知れた実業家だったらしい。ただ実業家といっても、業務内容は怪《あや》しい部分が多く、後ろ暗い商売をしているという噂があった。雄太はその手の嗅覚《きゅうかく》が鋭《するど》いので、普段《ふだん》であればそういう怪しい人間には関《かか》わらない。けれどその日は店に出る前にオーナーともめたこともあり、怒《いか》りは開店前から燻《くすぶ》っていた。

下着の中に手を入れられたのを切っ掛けに、灰皿で客の顔面を殴打《おうだ》し、スタッフに取り押さえられたそうだ。普通歳を取ると丸くなるものだが、雄太の場合は逆らしい。

その客が警察に被害《ひがい》届を出し、店に賠償《ばいしょう》を要求した際に直が仲裁《ちゅうさい》に入ったようだ。

「強かったわよぉ、あのときのねねちゃん。まぁ暴れるねねちゃんをぶん投げて取り押さえた、チェリーちゃんほどじゃなかったけど」

「やめてよ、あれは火事場の馬鹿力《ばかぢから》だったんだから」

スポンジケーキに生クリームを塗《ぬ》る要領で、顎《あご》にリキッドファンデーションを重ね塗りして髭《ひげ》の剃《そ》り痕《あと》を隠《かく》しているキャストが、恥《は》じらいながら「いつもじゃないのよ」と口にする。

知りたいことは大体分かったが、一つだけ雄太じゃなければ分からないことがある。

ぼさぼさになった雄太の地毛にコームを入れてやると、びくっとその肩《かた》が震《ふる》えた。

また髪を引っ張られたら堪《たま》らないと思ったのかも知れない。

「禿げるの気にするなら、スタイリング剤多用するなよ。毛穴の汚《よご》れに繋がるから」

アドバイスしながら髪をシェイプして、再びウィッグを着ける。ウィッグに巻いていたカーラーを外し、より自然になるようにスタイリング剤を使って形を整えた。

もともと顔の作りは悪くないから、ウィッグだけは結構似合っている。

「どうして直はお前からの依頼《いらい》をタダで引き受けた？」

髪が常に空気を含《ふく》むように、ドライヤーを使ってふわっとしたスタイルに仕上げながら問いかけると、雄太は言いにくそうに「高校の時に貸しがある」と答えた。

「貸しって？」

「………お前は知らなくていい」

「いっとくか？」

近くにあった誰《だれ》かの私物であるバリカンのスイッチを入れる。ヴィヴィヴィヴィ、というチェーンソーに似た破壊的な音を奏《かな》でるそれを見て、雄太は渋々《しぶしぶ》口を開いた。

「高校時代、俺が連《つる》んでた奴《やつ》の親が保険の勧誘《かんゆう》員をやってたんだ。それでかなり高額の死亡保障を掛《か》けられてる奴が同じ学校にいるって聞いたらしくて、犯罪臭《くさ》いって言い出したんだよ。その被保険者《ひほけんしゃ》が偶然《ぐうぜん》、後輩《こうはい》君の知り合いだったんだ。だから教えてやった。その貸しだ」

「それで、直はどうしたんだ？」

「……よく知らないけど、内緒《ないしょ》でそいつの親に直談判《じかだんぱん》しに行ったみたいだぜ？　あいつの父親は弁護士で、親戚《しんせき》も司法関係だろ？　兄貴は確か検事だったか、なんかで。だからそれを盾《たて》に脅《おど》して、保険は解約させたって聞いたけどな」

「じゃあ、そいつは自分に保険金が掛けられていたことは、今も知らない訳か？」

「まぁ、そうだろうな」

雄太はそう言ってから「祥央には関係ねぇ話だよ」と誤魔化す。

「それなら直がお前の弁護を引き受けたのは納得《なっとく》できるな」

雄太は「そいつ」が誰かばれていないと思っているのか、ほっとした顔で口紅を塗る。

「お前、直のこと嫌ってたのによく教えてやる気になったたな」

「……ほんの出来心だった」

万引き犯のような言い訳をすると、「これ、誰にも言うなって口止めされてたから、後輩君にばらすなよ」と釘《くぎ》を刺《さ》す。

「分かってる」

承諾《しょうだく》しながら散らばった櫛《くし》やクリップを片付ける。長年の謎《なぞ》がようやく解けた。

あの件のキーパーソンが雄太だとは考えもしなかった。どうして直は俺に保険金がかかっていることを知ったのかその答えが分かって、客観的に自分の事を「可哀想《かわいそう》だな」と思った。

当時雄太が連んでいた奴等が、面白《おもしろ》半分に保険金の話をしている様が目に浮《う》かぶ。だけどそれを聞いた雄太が、何故《なぜ》わざわざ直に知らせたのかは分からない。俺の耳に入らなかったということは、恐《おそ》らくそいつ等に口止めもしたのだろう。

だけど俺達は仲が良かったわけじゃない。もしかしたら同情したのだろうか。直接言わなかったのは、俺がショックを受けると配慮《はいりょ》した結果なのかもしれない。

有り難《がた》いが、なんだかひどく惨《みじ》めな気分だ。

「雄太」

「なんだよ？」

もしかしたら卒業後に雄太が店に来たのは偶然じゃなく、俺を心配したからか。だけどそれは訊《き》けない。折角《せっかく》二人が隠してくれているんだから、俺は気付かないふりをすべきだ。

「……その格好、改めて見ると本当にひどいな」

思わず本音を口にすると、七十年代アメリカのハーレムを意識した芝居《しばい》がかった大袈裟《おおげさ》な仕草で両手の中指を立てると「黙《だま》ってろ」と言った。雄太を店に送り出すと、最後までメイクを整えていたキャストが「チカちゃん、お使い頼《たの》まれてくれない？」と口にする。

「……チカって呼ぶな」

恐らく年上だろうが、纏《まと》っているのはビキニだけだ。その僅《わず》かな布地がある股間《こかん》と胸に発泡《はっぽう》スチロールで作ったミサイルの弾頭《だんとう》を着けている。そんな奴に敬語を使う気が起きなかった。

「これ、前に借りたまま返してなかったのよ。結構使っちゃったから買い取りって事で、代金渡《わた》して来て欲しいのよね。駅南の進学塾《しんがくじゅく》の横にある美容院なんだけど、分かるかしら」

差し出されたスタイリング剤には、美容院の名前がマジックで書かれていた。見覚えがあると思って記憶《きおく》を探る。以前パチンコの帰りに見た寂《さび》れた美容院の名前と同じだった気がする。

「遅《おく》れてごめんなさいって、言って置いてくれる？」

そう言って封筒《ふうとう》を二つ渡される。

「ハートマークが付いてるほうが、チカちゃんのお駄賃《だちん》ね」

「別に、届けるぐらいタダでやってやるよ」

「いいのよ。私達のスタイリングもやってくれたし。今度またお小遣《こづか》い稼《かせ》ぎにいらっしゃいね。それから、確かそこの美容院スタッフ募集《ぼしゅう》していたみたいだから、訊いてみたら？　ママもとても良い人なのよ。私達の相談にもよく乗ってくれるし」

わざわざ教えてくれたキャストに素直《すなお》に頭を下げて、封筒を受け取る。店を出ると、既に外は暗くなっていた。

今日も直は仕事で帰りが遅いので早く帰って夕食を作る必要がないから俺の方は平気だが、店はそろそろ閉店時間だろう。開いていなかったら、明日また改めて訪《おとず》れればいいと思いながら、その美容室に向かう。

やはり俺が思っていたのと同じ店だった。名前が同じだ。ドアには「営業終了《しゅうりょう》」の札がかかっていたが、カーテンの向こうには明かりが点《つ》いているし、先程《さきほど》から人影《ひとかげ》が動いている。

「すみません」

声を掛けてノックした。

「あの」

三度目のノックをする前にドアが開かれる。出てきたのは以前目にした年輩《ねんぱい》の店主だった。中に招き入れられると、美容室特有の匂いがした。懐《なつ》かしいそれに急に落ち着かない気分になる。

内装はお世辞にも良いとはいえなかったが、掃除《そうじ》が行き届いていて店内は温かな雰囲気《ふんいき》だった。観葉植物と穏《おだ》やかな色遣《いろづか》いの物が多いせいかもしれない。床《ゆか》はオレンジと黄色のレトロな花柄《はながら》で、まるでここだけタイムカプセルに閉じこめられたような店だった。

「すみません、営業後に」

先程預かった封筒を取り出そうとすると店主は「いいんですよ」と口にして、俺に椅子《いす》を勧《すす》めた。

前の店では一部の大口の客やメディア関係の仕事に関しては、融通《ゆうずう》を利《き》かせていたが、新規で飛び込みの客を営業後に受け入れることはなかった。もしかしたら売り上げが悪く、客を逃《のが》したくないだけかとも思ったが、向けられた笑顔《えがお》にそんな計算は感じない。そういえば以前店の前を通りかかった時も、定休日なのに店を開けていた。

「いえ、俺は……使いで来たんです」

客じゃないと誤解を解くために、雄太が居るクラブの名前を口にした。店主は合点《がてん》したとばかりに頷《うなず》き、俺が差し出した封筒を受け取る。

「わざわざごめんなさいね。良かったのに」

そう言って中身を確かめると、エプロンのポケットに入れる。

ぺこりと頭を下げて店を出た。ふと店の窓に「店員募集」の張り紙がまだあることに気付く。先程自分が雄太に言っていた店は、まさにこういう感じだった。この店なら客を最優先にした仕事ができる。そう思ったら、ろくに条件も確認《かくにん》せずに出てきたばかりのドアを再びくぐっていた。

「何か、他《ほか》にご用が？」

店主に優《やさ》しい口調で尋《たず》ねられる。

「あの、外の張り紙、まだ募集していますか？」

俺の質問に、店主は少しだけ驚いた顔をしてから俺の目を見て頷いた。


『先輩《せんぱい》の指、すごく気持ち良いです』

ほっと息を吐《は》き出すように直が言った。

浴室に持ち込んだ椅子に座った俺は、服を着たままバスタブで体を折り畳《たた》んでいる直の髪《かみ》を濡《ぬ》らす。項《うなじ》とバスタブの間には丸めたタオルを敷《し》いて、早速《さっそく》シャンプーの練習を始める。

直に相手をして貰《もら》うのはこれが何度目か忘れた。受験生なのに、文句も言わずよく付き合ってくれている。

だけど、それは俺の気持ちを知らないからだ。

『どうも。そういえばお前、第一志望A判定なんだって？』

指の腹を使ってマッサージするように頭皮を刺激《しげき》しながら髪を洗う。

『一次は心配ないですが、問題は二次試験です』

難関大学の一次を問題ないと言い切るところが凄《すご》い。他の受験生が聞いたら嫉妬《しっと》しそうなことをさらりと口にする。

『すげーな。お前なら、在学中に司法試験受かるんじゃないのか？』

『それが約束なので』

『……父親との？』

『そうです』

『お前、それ何と引き替《か》えに了承《りょうしょう》したんだ？』

俺は閉《と》ざされている直の瞼《まぶた》を見下ろす。目を瞑《つぶ》っていてくれて良かったと思った。

恐らく俺は今、あまりいい顔はしていない。

手は止めないまま「お前さ、俺のために何かを犠牲《ぎせい》にするのやめてくれる？」と、口にした。

『実際助かってるけど、今後はもうそういうのはしなくていい』

直は何も言わないが、俺は予想を立てている。

進学校に行くのと引き替えに、直はギターを弾《ひ》いていた。法学部に入るのと引き替えに、俺の家に弁護士を寄越《よこ》した。俺にこのマンションを用意するのと引き替えに、直は大学在学中に司法試験に合格する。代償《だいしょう》でないなら、あんなに嫌《きら》っていた父親と同じ道を歩む理由がない。

『次にそういうことをしたら、俺はもうお前と話さない』

俺の言葉に直は「分かりました」と呟《つぶや》く。

『お前、何かなりたいものがあったんじゃないのか？』

『先輩は勘違《かんちが》いしているみたいですけど、俺は何も強制されてるわけじゃない。司法試験に合格しても、弁護士にならなければいけないわけじゃない』

『お前の父親、怒《おこ》るんじゃないのか？』

『約束は司法試験までです。でも俺自身、弁護士に興味を持ち始めていますから、案外本当になるかもしれません』

『それならいいけど、もしも俺のための取引で弁護士になるなんて言ったら、本気で嫌《きら》いになるからな』

子供染《じ》みていると思いながらも、そう宣言する。今までの事をまるで感謝していないような響《ひび》きになったが、本心を言えば俺は直に支えられている。けれど、これ以上は直の人生を奪《うば》いたくない。好きな相手の人生を、めちゃくちゃにしたいとは思わなかった。

『先輩に嫌われたら悲しいです』

直も子供染みた返答をする。

心配しなくても、俺が直を嫌いになることなんて有り得ない。

『だったら自分の人生を犠牲にしたりするなよ。無欲《むよく》なのも大概《たいがい》にしろよ』

『俺は、どちらかというと強欲《ごうよく》ですよ』

直はそう言うと、眠《ねむ》そうに欠伸《あくび》をした。

それきり会話は途絶《とだ》えて、髪を洗う音だけが浴室に響く。直の髪は短いから、今度知り合いの髪の長い女で練習させて貰おうと決める。以前はあまり好きじゃなかった他人との触《ふ》れ合いも、最近は前ほど嫌悪感《けんおかん》が無くなった。直で慣れたのかもしれない。

俺が人の温《ぬく》もりが苦手になったのは、母親と義父のそういう場面を見たのがきっかけだった。中学一年か二年の頃《ころ》だ。家は平屋で、部屋数はあまりなかった。俺の部屋は廊下を挟んで母親の部屋の向かいにあった。夏場は暑いからドアも窓も開け放して寝《ね》ていた。向かいの部屋からくぐもった声が聞こえたときは、まさかと思った。

慌てて耳を押さえて布団《ふとん》を被《かぶ》り、まんじりとせずに朝を迎《むか》えた日から、他人から触《さわ》られるのが駄目《だめ》になった。もともと他人の体温は苦手だったが、その日から決定的になったんだ。だけど、それでもセックスはできた。中途半端《ちゅうとはんぱ》なトラウマだ。

『直、終わった。何か感想は？』

タオルドライしながら尋ねると、直はぱちりと目を開けて「首が痛いです」と口にする。

やっぱり、次は知り合いの女に頼《たの》んだ方が良さそうだ。

履歴書《りれき》を用意して面接を行った後で、実技試験を受けた。

鬘《かつら》を指定されたスタイルにカットする試験と、店主を客に見立てての洗髪《せんぱつ》だ。約一月ぶりなので指が少し鈍《にぶ》っていたが、問題なく試験は終了《しゅうりょう》して、その場で合格を言い渡《わた》された。

その事を直に告げると「良かったですね」と特に何の含《ふく》みもなく言われた。

「とりあえず、約束通りちょうど一月で出て行けそうだよ」

「そうですか」

直はあっさりと頷いた。それを見て、少し感傷に浸《ひた》る。結局体を重ねても直との関係は変化しなかった。それが嬉《うれ》しいのか残念なのか、自分でもよく分からない。

翌日、仕事が見つかったと所長に告げたら、新しい人は来月一日から来られると教えてくれた。引き継ぎの期間を考えても、再来週には美容室に顔を出せそうだ。

「清水君、仕事にあぶれたらまたいつでもきなさい」

笑顔で若干不吉《じゃっかんふきつ》な事を口にする所長に「ありがとうございます」と頭を下げる。

「こちらこそ一月、頑張《がんば》ってくれてありがとうね。あとで送別会と歓迎会《かんげいかい》やりましょう」

所長の横で、宴会《えんかい》好きの副所長が手帳を開く。

一月しか働いていないのに送別会なんて申し訳なかったが、乗り気の副所長に押《お》しきられて、結局来週末に開いて貰うことになった。

そして俺は月が変わる数日前に、新しい部屋に引っ越《こ》した。

所長の言葉通り一日から事務所に新しい事務員がやってくると、新人弁護士は浮《う》き足だった。既婚《きこん》者でもかなり美人だったので、新人弁護士は自分の机を彼女の方へ数センチ近づけた。

俺は五日間だけ彼女と一緒《いっしょ》に働いた。以前に別の弁護士事務所にいただけあって、書類作成は俺よりもずっと手際《てぎわ》が良かった。

日中は仕事に追われ、名残を惜しむ間もなく週末が来て、送別会の日がやって来た。

「清水君の前途《ぜんと》を祝して」

そう言ってグラスを掲《かか》げる所長にならい、みんなジョッキを持ち上げる。

送別会兼《けん》歓迎会は盛り上がったが、所長達は電車通勤なので終電の時間が近づくと解散になった。新しい事務員も、既婚者なので早々に切り上げる。残った新人弁護士と草田は逆送致《ぎゃくそうち》の案件を抱《かか》えてからずっと激務で疲《つか》れ切っていたため、二次会はない。

「今度またみんなで飲みにいきましょうね、絶対ですよぉ」

草田は別れを悲しんで俺に抱《だ》きつく。

「私にとってぇ、清水さんってお兄ちゃんみたいだからぁ、このままさよならは嫌です」

小さな声だった。恐らく直や新人弁護士には聞かれたくないのだろう。

その気持ちは分かる。それに俺も草田の事を、本当の妹のように思っていた。

「何か話したいことがあったら、いつでも電話してください」

「落ち着いた頃に絶対にお店に行きますから。そしたら私、必ず清水さんの事指名しますぅ」

草田はそう言うと、しぶしぶ俺の体から手を離《はな》して新人弁護士と共にタクシーに乗っていなくなる。その様を視《み》ていた直は「付き合うんですか？」と以前と同じ質問を淡々《たんたん》としてきた。

「まさか」

そう答えて、直のアパートまで歩く。居酒屋が事務所の近くに決った時点で、今日は直の家に泊《と》めて貰《もら》う約束をした。明日は休みなので、まだ新居に運んでいないハロゲンヒーターを家に持って行くつもりだ。それがあの部屋に残っている唯一の俺の私物だ。

草田と新人弁護士だけでなく、このところ直も忙《いそが》しかった。だから先に直を帰して、俺は途《と》中《ちゅう》のコンビニで明日の朝食を買う。部屋に戻《もど》ると、直は居間でうたた寝《ね》をしていた。

「お疲れさま」

答えない横顔に向かって口にする。基本的に体力のある男が、こんな風に寝入ってしまうということは、余程《よほど》疲れていたんだろう。

高校時代に初めて会ったときは、弁護士になるようなタイプではなかった。

「お前も変わったよな、まぁ俺もだけど」

こんな歳になるまで生きてるとは想像していなかった。自殺願望があったわけじゃないが、以前直が言った通りいつ死んでもいいとは思っていた。まさかこんな風にやりがいのある仕事を見つけて、そしてまだ直と一緒にいるなんて、あの頃からは想像できないくらい幸せだ。

もう学生時代とは違《ちが》い、一人でいるときに傷痕《きずあと》を桎梏《しっこく》のように感じることも、不気味な焦燥《しょうそう》感《かん》や閉塞感《へいそくかん》を覚えることもない。

触れそうになるのを堪えて直から離れ、風呂場《ふろば》に向かう。俺も眠ってしまいたかったが、体にまとわりつく酒の匂《にお》いを流してからじゃないと、眠れそうにない。

シャワーを浴びると、少し頭が冴《さ》えた。頭を洗っていると、自分の生え際が黒くなっていることに気付く。さっさと染め直さなければと思いながら、もういっそ黒に戻してしまおうかとも考えた。細々と染め直すのも面倒《めんどう》だ。

カラー番号を頭に浮かべながら風呂場を出て、体を拭《ふ》いていると不意に脱衣所《だついじょ》のドアが開く。今までだったら気にしなかったのに、直は俺の裸《はだか》を見て「すみません」と言った。一度寝たことがあるせいで、とりあえず謝った方が良いと思ったのかも知れない。故意じゃないと分かっていたが、挑発《ちょうはつ》するように「何、また俺としたくなった？」と尋《たず》ねる。

「直がどうしてもっていうなら、してやってもいーよ？」

わざとらしい科《しな》をつくって誘《さそ》いかける。先程はぐらかした触れたいという欲が、また頭をもたげる。

明日が過ぎれば職場でも家でも顔を合わせる機会はない。だから誘惑《ゆうわく》が失敗しても大丈夫《だいじょうぶ》だ。そんな理屈《りくつ》で好きな相手を誘った。寝ても関係は変わらなかった。だから、もう一度だけ。誰《だれ》かと幸せになる前に、これきりでいいから。

「無かったことにしたかったんじゃないんですか？　だからあの日は俺が起きる前に、部屋を出ていったんでしょう？」

違う。そんなんじゃない。それに、無かったことにしたかったのはお前じゃないのか。する前もした後も、少しも態度を変えなかった。こんな風に裸で向き合っても、直は平静なままだ。

「そうだよ。やっぱり男より女のほうがいいって。お前もそうしろよ。与島だっけ？　直もあいつを見習ってさっさと結婚《けっこん》でもしろよ。その方が……幸せになれるって」

　直には幸せになって欲しい。こいつには俺よりずっと、その権利がある。

「どんな女性と結婚しても、きっと俺は幸せにはなれませんよ」

「やめろよ、そういうこと言うの」

　じゃないと封《ふう》じ込めた嫉妬《しっと》が、またぞろ顔を出す。

　そんなにあの男に未練を持っているのかと悔《くや》しくなる。羨《うらや》ましくて、腹が立つ。

　男でいいなら、俺でもいいじゃないか。こんな事ならもっと俺が若い頃に、直が与島と出会う前に、さっさと手を出して置けばよかった。いや、その時なら問答無用で断られていただろう。勘違《かんちが》いしてはいけない。直は与島を忘れるために俺を抱いたんだ。

　俺の見た目はどう考えても女っぽくはない。この間の一件だって、気の迷いなんだ。

　だけどだったらもう一度、迷って欲しい。これを最後にするから、もう一度だけ。

「お前は幸せになれるよ」

　そう言って、直を抱《だ》き寄せた。スーツからは煙草《たばこ》の匂いがする。直は吸わないから、居酒屋で誰かの匂いを貰ってきたのだろう。

「先輩《せんぱい》」

「俺も女のほうがいいけど、今ここにはお前しかいないし、だから妥協《だきょう》してやってもいい」

直が戸惑《とまど》っているのは分かっている。でも鈍感《どんかん》なふりで無視をした。

「俺は……」

何かを言いかけた直を無視して、足の間に手を伸《の》ばす。

「直」

直は何も言わない。真意を測るように俺を見る。その視線から逃《のが》れるように腰《こし》を落とした。浅ましいのは遺伝かも知れない。そう思いながらファスナーを下ろして直の萎《な》えた陰茎《いんけい》を取り出す。口でするのに抵抗《ていこう》を感じなかったと言えば嘘《うそ》になるが、それでも舌を側面に這《は》わせると、徐々《じょじょ》に躊躇《ためら》いは薄《うす》れていく。

手で擦《こす》りながら唇《くちびる》を押し付ける。目を瞑《つぶ》って、出来るだけ何も考えないようにした。掌《てのひら》の中の物が少しずつ硬《かた》くなってくる。芯《しん》を持つのが嬉しくて、より深く口の中に迎《むか》え入れた。

「っ、ふ」

雄《おす》の匂いが口の中に充満《じゅうまん》し、苦しくなる。大きくて反り返っているから、顎《あご》が辛《つら》くなった。

「う……ぷっ」

耐《た》えきれずに一度口から出すと、ぶるりとそれが震《ふる》える。唾液《だえき》に濡《ぬ》れた陰茎を間近で見てしまい、再び躊躇いが生まれる。それをもう一度口に入れようと、顔を近づけると「先輩」と頭上から声がした。

見上げると、直が切なそうに眉根《まゆね》を寄せている。

そんな困った顔するなよ、と心裡《しんり》で呟《つぶや》く。万が一俺の気持ちに気付いてしまったとしても、頼《たの》むから気付かない振《ふ》りをしていてくれ。俺はお前に拒絶《きよぜつ》されるのが何より怖《こわ》いんだ。

「ん、く」

掌でもう一度包んで、先端《せんたん》を飲み込む。根本を手筒《てづつ》で扱《しご》くと、直の足がびくりと震える。

「は……っ」

頭の上から直の声がする。口を動かしているせいで、耳にまで意識が回らない。音は全部くぐもって聞こえる。上顎《うわあご》にぶつかるそれを、角度を変えて飲み込む。親指と人差し指で輪を作って根本を扱きながら、喉《のど》の奥まで咥《くわ》え込んだ。

「ん、っんっ、んっ」

啜《すす》るうちに段々と羞恥心《しゆうちしん》が薄れていく。気持ち良くさせなければならないと、そのことに構っていたら恥《は》ずかしいと思う気持ちが見えなくなった。

与島よりも、気持ち良くなって欲しいと思ったのは嫉妬心からだった。

やっぱりもっと早くこうしていればよかった。そしたらとっくに決着が付いていたかもしれない。諦《あきら》めるべきなのに諦めきれなかった。だけどそれも今日で全部終わりにする。

しばらくして、直の濃《こ》い精液が吐《は》き出される。いきなりだったせいで、少し飲み込んだ。生《なま》臭《ぐさ》いそれを掌に吐き出す。

「出すときは言えよ、まずい」

眉を寄せて文句を言うと、直は「すみません」と荒《あら》い息の合間に謝る。大して心のこもっていないそれに「嘗《な》めとれよ」と舌を出す。

　直は逆らわない。床《ゆか》に膝《ひざ》を突《つ》いて、俺の唇を嘗めた。くちづけが欲しいと、素直《すなお》に強請《ねだ》れない自分を頭の隅《すみ》で笑いながらも、舌を吸われると安心する。

　俺は結局、いつもこいつに甘えてばかりいる。

「直」

　何も脱衣《だつい》所でしなくてもいいじゃないか、とまた冷静なもう一人の自分が言う。五月蠅《うるさ》いそいつを側頭葉から追い出して、本能のままに直の膝を跨《また》いだ。冷たくて硬い床に膝を突くと、直を見下ろす格好になった。

「今度、髪《かみ》切ってやるよ」

　そう言って、少し長くなった髪を撫《な》でる。十年前から、こいつの髪を切るのは俺の役目だった。どんなに忙しい時も、時間を作った。直は営業時間には滅多《めった》に店に来なかったから、わざわざ家に呼び寄せて切ることが多かった。だけど少しも苦にならなかった。

　直の髪は柔《やわ》らかで、生え方も綺麗《きれい》だから弄《いじ》っているのが好きだった。だけどどうせ、直の髪ならばどんな髪でも、俺は好きになったんだろうけれど。でも、もう家では切らない。

「店に、予約、入れておくから」

　直は俺の腰に腕《うで》を回す。自分の勃《た》ち上がったものが直の目の前で震える。それをじっくりと観察するように視《み》られて、羞恥《しゅうち》を覚える。

「また先輩と、こんなことをするなんて思いませんでした。先輩は本当に酒癖が悪い」

「直」

直はそう言うと、ゆっくりと俺の胸に噛《か》みついた。

「っん、ぁ」

「痛いですか」

「当たり前だろ……っ」

「でも、先輩は昔から痛い目に遭《あ》うの好きですよね」

すでに寒くて屹立《きつりつ》していたものを歯で挟《はさ》まれ、先端を舌で押し込むようにされる。ぐりぐりと舌で弄られると、切ない熱が胸から腰の辺りまで落ちて広がった。

もう片方も指先で潰《つぶ》されて、指紋《しもん》のざらざらした感触《かんしょく》に煽《あお》られる。

「別に、好きじゃ……っ」

「殴《なぐ》られて痣《あざ》作って、傷痕《きずあと》残して、自分の体を痛めつけてばかりいたじゃないですか」

「好きでやってたわけじゃ、ない」

「でも、避《さ》けられるのに避けなかった。逃《に》げられるのに逃げなかった。俺は先輩の体にそういう痕を見つける度《たび》に、凄《すご》く嫌《いや》な気分になる」

真剣《しんけん》な声で告げられて、視線が俺の背後にある鏡に向けられていることに気付く。そこにはスーツ姿の男に浅ましく跨《また》がって、首を捻《ひね》って振《ふ》り返る男の姿が映っている。

じっと見ていると、直の指が自分の尻《しり》に触れるのが分かった。鏡の中でその指は、ゆっくりと深い場所に埋《うず》められていく。

「あ、う」

濡れてもいない乾《かわ》いたそれは浅い場所で引っかかったが、それでも強引《ごういん》に奥の方までねじ込まれる。うねうねと中で指が動いた。痛みがゆっくりと別の物に置き換《か》わり始めるのを感じながら、半ば無意識に背中を反らせると、指が増やされる。

「ん、ぁっ、ぁ」

ぐりっと奥を抉《えぐ》られて、びくっと陰茎が震えた。その先から先走りがゆっくりと零《こぼ》れ落ちる。

鏡には穴に指をくわえ込んだ尻も、その上にある汚《きたな》い背中も全部映し出されていた。傷痕だらけだ。皮膚《ひふ》が薄赤《うすあか》くなった場所は熱湯をかけられたときのものだ。自分の背中なんて普段《ふだん》はあまり目にする機会がないから、忘れがちだが、確かに見ていて気持ちのいい体じゃない。

「っ、見るなよ」

慌《あわ》てて直の目を掌で塞《ふさ》ぐよりはやく、抱き締《し》められた。直の顔がデコルテの部分に埋められる。吐息《といき》が掛《か》かり、肌が粟立《あわだ》つ。

「俺以外誰《だれ》に見せるんですか。先輩が傷だらけになって守ってきた物を、俺以外の誰が正確に理解してるっていうんですか」

ゆっくりと背中を撫でられる。体に残ってしまった痣や傷は、もうどうしようもない。それにそれぐらいで騒《さわ》ぐほど、優《すぐ》れた容姿をしているわけじゃない。

「別に、そんなに大した傷じゃない」

入りこんだ指が、急にぐっと曲げられる。直は「先輩は何も分かってない」と口にする。

「少しは自分のことを大切にするべきです」

直はそう言って穴を指で広げると、俺に自分のものを埋めた。俺が動くつもりだったのに、腰を摑《つか》まれて直のいいようにされる。膝で立っていたのに、いつの間にか直の足の上に座って腰を揺《ゆ》さぶられていた。スラックスの生地《きじ》と、剝《む》き出しの肌が擦《こす》れる。

直がまだネクタイを外していないことに気付いて、解くためにノットに指をかけたところで、胸の先を弄られてそれどころじゃなくなる。

「ふっ、ぁっぁあっ」

乳首《ちくび》を抓《つね》られながら、奥を突《つ》き上げられて、溺《おぼ》れそうな快感に直の首に腕を回して抱《だ》きついた。体の奥に咥え込んだ雄《おす》の証《あかし》が、熱く存在を主張する。

それを感じながら、どちらかが女であればよかったのにと思った。もしも俺が女だったら、勝手に直の子供を身ごもって、反対される前に遠くで産む。直の血が入った子供がいれば、直が側にいなくてもなんとかやっていけるだろうか。でも〝もしも〟なんて有り得ない。

「あっ」

「何、考えてるんですか」

「っ、んっ」

「泣きそうな顔してますよ」

「っ、はっ、別に、なんで、もっ」

直は少し苛立《いらだ》ったように、先程《さきほど》よりも強く俺の中を突き上げる。まだ開かれていなかった深いところまで、直の太いそれが押し寄せてきた。

「あっぁ……あっ、直っ」

「先輩《せんぱい》とするのがこんなに良いなんて、知らなければ良かった」

突き上げられて我慢《がまん》できずに射精する瞬間《しゅんかん》、直がそんなことを口にする。

ひどい言いようじゃないか、と文句を口にしようとした唇《くちびる》は直のものに塞がれる。休む間も与《あた》えられないまま二度三度と続けて求められて、気が付けば直の腕の中で微睡《まどろ》んでいた。

「ん……」

ぼんやりとした目を開けると、自分が布団《ふとん》の中にいるのだと気付く。また前回と同じく背後から抱《だ》き締められている。裸《はだか》のままの体同士が触《ふ》れ合っていた。

慌てて体を離《はな》す。少しでも離れると、急に寒くなる。そのせいか眠《ねむ》っている直が無意識に俺を引き寄せた。隙間《すきま》を作らないように足までからめられて、身動きが取れなくなる。

「直」

名前を呼んだが反応はない。疲《つか》れていたから、深い眠りに落ちているのだろう。

「直」

もう一度名前を呼ぶ。

「好きだ」

直が眠っていればこんなに簡単に言えるのに、と思いながら俺も目を閉じる。

もう一度、ずっと胸に渦巻《うずま》いていた気持ちを音にする。直は起きない。その事に安堵《あんど》した。

直の体温を感じながら、〝もしも〟と再び考える。

もしも俺と出会わなければ、直は今頃《いまごろ》もっと幸せだったかもしれない。


『卒業おめでとう』

俺の言葉に直は「ありがとうございます」と言いながら、露出狂《ろしゆつきよう》めいた格好で俺に近づいてくる。ジャケットもシャツも、全《すべ》てのボタンが無くなっていた。

剝き出しの肌は見ているだけで寒そうだ。

『襲《おそ》われたのか？』

『後輩《こうはい》に』

直は手に持っていたコートを羽織る。今まで着ていなかったのは、そのボタンまで毟《むし》り取られることを懸念《けねん》したからだろう。

『お前そんなに慕《した》われるタイプだったか？』

『誰一人話したことありませんでしたけど、受験のお守りに欲しいそうです。たぶん俺が彼等の第一志望校に受かったからだと思います』

難関大学の法学部に合格した先輩のボタンなら、確かに御利益《ごりやく》がありそうだが、実際はそれだけが理由じゃないだろう。

最近は俺が髪《かみ》を切っているので、髪の毛で隠《かく》されていない直の顔は以前よりもずっと周囲の注目を浴びている。無頓着《むとんちゃく》なのは本人だけで、周囲は色めき立っていた。

『お前、顔だけは良いもんな』

直は胡散臭《うさんくさ》い物を見るような目を俺に向けた。

褒《ほ》めたので下心があると思ったらしい。失礼な奴《やつ》だ。

『……今日、どこに行くんですか？』

『何にも決めてねーよ。それよりお前、帰らなくていいのか？　式典、母親も出席してたんだろ？　これから豪華《ごうか》なレストランとかでお食事会しなくていいわけ？』

俺のときは同級生の何人かが、親との食事に行っていた。もちろん仲間内で派手に祝う連中もいるし、部活単位で何か催《もよお》し物がある奴等《やつら》もいる。

直も俺に義理立てしているだけで、本当は誘《さそ》われて居るんじゃないかと水を向けると「親との食事は大学に合格したときにつきあいましたから」と素っ気なく答えた。

『あー……じゃあ、どっか行くか。とりあえず、お前のそれ着替《きが》えてから』

このままではどんな店に入ってもコートを脱《ぬ》げない。

『先輩の家でいいです』

『は？　そんなのいつもと同じだろ。大体引っ越《こ》し準備で散らかってるし』

『じゃあ、何か映画でも借りましょうか？』

『別にいいけど。そういえば、同じクラスだった奴からなんかシリーズでドラマ借りてたな』

『それ、どんなやつですか？』

駅に向かって歩きながら、直がそう聞いてくる。

『刑務所《けいむしょ》から脱出《だっしゅつ》する話だって。なんかアメリカで流行《はや》ってるらしい』

同じクラスだった奴が言うには、シーズンを全て観《み》終わるまでは決して眠れない呪《のろ》いがかかっているらしい。試験前の息抜《いきぬ》きに一話だけ観ようとして、結局主人公と共に朝を迎《むか》えてしまったと以前店に来たときに愚痴《ぐち》っていた。

その話をすると、直は「じゃあ食料を調達してから行きましょうか」と提案する。

『先輩、随分《ずいぶん》性格が変わりましたね』

『何が？』

マンションの近くにあるスーパーで食材を買い込む。自然と直が好きな物をカゴに入れながら、問い返す。

『最近はすごく、明るくなりました』

『まるで俺が根暗だったみたいな言い方するなよ。そもそもお前だけには言われたくねーよ』

『そういう意味じゃないんですけど、でも良かったです。先輩が笑ってると安心する』

直は特に考えもせずにそう口にすると、カートを押して勝手にレジの方に進む。俺は取り残されたまま、赤面しそうになるのを堪《こら》えていた。直の言葉は不意打ちでやってくる。その度《たび》に動揺《どうよう》していたら変に思われるだろう。

気を取り直して直の後ろに並ぶ。財布《さいふ》から金を取り出しながら、直は「そのドラマ、楽しみですね」と先程の話題を蒸《む》し返す。

レジ打ちの若い店員は直の横顔に見惚《みと》れていた。

コートを脱いでもその視線の熱さは変わらないままなのか、試《ため》してみたくなる。顔の良い奴は多少露出狂でも許されるんだろうか。

そんな不穏《ふおん》な事を考えている俺の横で、直は「そういえば二千円札ってどうなったんですかね」と、どうでも良い話題を口にした。

「行ってらっしゃい」

そう言って休日なのに仕事に行く直を見送る。こうして直を送り出すのもこれが最後だ。

直は「行ってきます」と口にしただけだった。

鍵《かぎ》は後で郵送すればいいと思いながら、ハロゲンヒーターを手に階段を下りて駅まで向かう。ヒーターは思ったよりも重く、また持ち運ぶのには多少の羞恥《しゅうち》が付きまとった。宅配という手も考えたが、運送費が勿体《もったい》ないので自力で運ぶことにした。

店の最寄《もよ》り駅で降りて、少し歩くとすぐにマンスリー契約《けいやく》のマンションがある。

新しい仕事先に就職が決まったと言っても、三ヶ月は試用期間だ。店主は穏《おだ》やかな見た目や口調にそぐわずにそのあたりはきっちりしていて、三ヶ月の間に遅刻《ちこく》や目に余る行動があったら本採用はしないと言っていた。

万が一、試用期間でクビになった時のために、マンションはマンスリーにした。三ヶ月更新《こうしん》なので、ちょうど良い。新しい部屋は仕事の契約が更新された時点で、再び探せばいいだろう。

しかし新しい家、新しい仕事、全て決まったのに余り気分は晴れなかった。

ヒーターを部屋の隅《すみ》に置き、電源を入れる。すぐに暖かくなったが、一人の部屋はどこか物足りない。

つい、直の事を考えてしまう。けれどそれも仕事が始まるまでだと自分に言い聞かせた。

そうすれば忙《いそが》しさに紛《まぎ》れて、直のことはそれほど考えなくなるだろうと、楽天的に考えた。

実際、仕事が始まると予想通りに日々は過ぎた。以前の美容室とは客層が違《ちが》うので、求められる技術も多少違う。一週間はほとんど雑用係のようなものだった。

さすがに何十年もこの仕事をしているだけあって、店主はとても手際《てぎわ》がいい。

「最新のカットって言われてもできないけど、雑誌を持ってきてコレコレこんな風にって言ってくれれば、ちゃんと切れるわよ。何十年もこの仕事をして、何千人もの髪質《かみしつ》や頭の形をみてきたんだもの。十年やそこらの新米が作り出したカットぐらい簡単ね」

当たり前よ、と客のいない時間帯に緑茶を飲みながら店主はそう言った。

「まぁ新しいスタイルを考え出すのは、苦手になっちゃったけど」

自分の母親よりもずっと年上だったが、仕事は丁寧《ていねい》で正確だった。客の要望を本人以上に熟知していて、髪質と相性《あいしょう》の悪いスタイルでも流れるようなハサミ捌《さば》きで綺麗《きれい》に仕上げてしまう。持ち上げられてある種いい気になっていたな、店主の腕と自分自身を比べて反省しながら新人の気持ちで彼女の動きを参考にした。

勤めだして二週間目に客足が多くなったので、俺もカットを任されるようになった。

「新しい子？　こんな若いお兄ちゃんと話すの何年ぶりかしら」

シャンプー台からカット台に案内した常連客にそう言われて、鏡越《ご》しに軽く頭を下げて自己紹介《しょうかい》をすると、店主が奥からパーマ機を持ってやってくる。

「あら、この間うちの店に来ていた子たちと話してたじゃない」

「あれは、若い女の子だったでしょう？」

「見た目はね。中身はお兄ちゃんよ」

「え!?」

別の若い客を鏡の前に案内してタオルとケープを巻き、シェイプしながら、その「見た目は女の子なお兄ちゃん」連中に見当がついてくすりと笑う。

その瞬間《しゅんかん》、若い客と鏡越しに目があった。

「今日はどんな感じにしますか？」

「普通《ふつう》に肩《かた》の上で切ってください。髪の毛、肩に掛《か》からないようにするのが校則なので」

目があったことを後悔《こうかい》するように俯《うつむ》かれる。

今時校則で肩より上の髪なんて珍しい。だけど確か俺の頃《ころ》も私立の女子校は肩より長い髪は結ぶ規則があった気がする。他人の髪型に口を挟《はさ》む権利なんて、学校側にあるんだろうか。

他《ほか》の希望は特にないと言われて、髪の毛を指で挟んで「このぐらいの高さでいいですか？」と確認《かくにん》する。こくりと頷《うなず》いた女性客の髪をブロッキングしていると、項《うなじ》に赤紫《あかむらさき》の痣《あざ》を見つけた。打撲《だぼく》で出来たというよりも、生まれつきのものに見える。

髪を肩のぎりぎりまで伸《の》ばしているのは、それを隠《かく》すためなのだろう。

「少し、内側に入る感じにしてもいいかな？」

そんな風に尋《たず》ねると、何も言わずにこくりと頷く。綺麗な髪だった。髪を湿《しめ》らせてハサミを入れる。段差を付けながら内側に髪が入るように切った。もちろん、痣が隠れるようにした。前髪も本人の了承《りょうしょう》を得てから少し短めにして横に流す。顔が以前より隠れていないので、カット後はがらりと印象が変わった。一気に快活な雰囲気《ふんいき》になった髪に軽いスタイリング剤《ざい》を使うと、店主が「あら、素敵《すてき》ねぇ」と口にする。

「でも、ちょっと、前髪……短い」

恥《は》ずかしそうに前髪を摘《つま》んだ若い客に、別の客が「その方が可愛《かわい》いわよ」と頷く。

「すみません、短すぎましたか？」

鏡を覗《のぞ》き込んで尋ねると、若い客は赤い顔のまま俯いて小さく首を振《ふ》る。

それほど嫌《いや》がってはいないようだと思いながらも、心配になった。ハサミを入れる前よりもずっと魅力《みりょく》的に見えるが、本人が良いと思ってくれなければ意味がない。

「大丈夫《だいじょうぶ》です」

小さな声で告げられたその言葉を信じて、会計を済ませて店から送り出す。

一月ぶりだからか、まるで新人の頃のような気分で見送った。けれど翌週になってから彼女の姉だと言う客が来店して、女子高生が新しい髪型を気に入ってくれていたと知って、ほっとした。

「妹から聞いて来たんだけど、私の髪も妹みたいにしてくれる？」

久し振《ぶ》りに嬉《うれ》しかった。新しい店で働くことに対して、それなりに感じていた不安がゆっくりと溶《と》けていく。

勤め始めて三週間が過ぎた頃には新しい職場のやり方も覚え、以前の店の後輩《こうはい》に近況《きんきょう》を伝えた。今度俺の客に聞かれた時は店を教えて欲しいと頼《たの》むと、「そのサロン、近いけど聞いたことないですよ」と言われた。実際に来たら驚《おどろ》くかもしれない。

しかし前のような店で働く気にはならなかった。価格設定は必要以上に高く、指名料もかなりの金額だった。もっとも、指名料はピラミッド式で、俺が下げれば下の連中も下がる仕組みになっていたから、多少は仕方がない部分はあったが、それでも技術以上の価格だった。

理想には前の店よりも今の店の方が近い。勤めて三月近くなった頃、閉店後の店内を掃除《そうじ》しながらそんなことを言うと、店主は鏡を拭《ふ》きながら「ありがとう、でも」と言葉を濁《にご》す。

「このお店、今年で閉めようと思ってるのよ」

「え？」

「息子《むすこ》も娘《むすめ》も、美容師にはならなかったから。張り紙も結構前から出してたんだけど、なかなかちゃんとした人が集まらなかったの。だから清水君が来る前に息子達と相談して、畳《たた》もうかって」

「そうなんですか？」

折角《せっかく》新しい仕事が見つかったのにまたすぐに職探しする羽目になるのかと、落胆《らくたん》する。

「私の足も段々悪くなってるから、仕事ができるのなんてあと一年か二年ぐらいね。仕方ないのよ。会社員ならとっくに退職してるような歳だもの」

黒いズボンに包まれた足をさすった後で「それに、私のお客さんを引き継《つ》いでくれそうな人も見つかったし。だから私がまだ現役《げんえき》のうちに管理の資格を取って貰《もら》える？」と口にした。

管理というのは、管理美容師の事だ。店主の言わんとしていることが分かり、思わず目を瞠る。

「でも、俺は……自分の店を持つなんてまだ早いです」

「私が主人と店を開いたのはちょうど、あなたの年齢だったわ。年齢が若すぎるってことはないと思うわよ。それに技術は問題ないみたいだし」

まだここで働いて三月も経《た》っていない。以前働いていたところの和喜夫妻といい、みんな不用意に人を信用し過ぎるんじゃないか、と心配になる。俺みたいな人間をこんなに簡単に信じるような人達だ。いつか誰《だれ》かに騙《だま》されるんじゃないだろうか。

店主の言葉に驚いていると「ああ、でも土地を譲《ゆず》るって話じゃないのよ。店を間借りして貰うことになるわね。ほら、年金だけだと心もとないから家賃収入があったら私も嬉しいのよ」と笑った。やはりそういうところはきっちりしている。

「でも店の物で必要なのは全《すべ》てあげるわ。どうせ耐用《たいよう》年数は過ぎているし、そろそろ買い換《か》えなきゃいけない物も多いから。だけど鏡やシャンプー台はまだまだ現役で使えるわよ」

「……俺を信用して、大丈夫ですか？」

「髪を洗って貰ったときに、とても丁寧で優《やさ》しい指先だと思ったのよ。だから雇ったの。一緒《いっしょ》に働いてみて、あなたはお客様の気持ちを大事に仕事をしてるって感じた。そういうのは技術よりも大事だと思うの。あなたになら私の顧客《こきゃく》を任せられるわ。だから前向きに検討してみて」

自分の店を持つという考えは今までなかったが、確かに今後美容師としてやっていくなら一生雇われよりも、ちゃんと店を持ってみたい。

「外観も内装も少し古くさいから、リフォームする必要があるけどね」

店主はぐるりと店内を見回してそう口にする。

それからは新しい店の事ばかり考えていた。直の家を出てから、久し振りにわくわくした気分だった。

店のオーナーになることを直に話したかったが、そんな自分を抑《おさ》える。

直の側にはいたいが、今はまだ自分の中の恋情《れんじょう》が強すぎる。だから会うのは控《ひか》えた方が良いと、冷静に考えた。

直とはあれから二度会っただけだ。そのうち一度は草田が企画した飲み会で、新人弁護士も一緒だった。草田によると、直は与島を含《ふく》めた他の弁護士事務所の人間とチームを組んで、厄《やっ》介《かい》な企業訴訟《きぎょうそしょう》の案件を担当することになったので、寝《ね》る間を惜《お》しんで働いているらしい。残りの一度は、客として直が店に来た。だからあれから二人きりでは会っていない。

月に一度会うか会わないかの関係は、同居する前と同じだ。何のことはない元に戻《もど》っただけだ、と自分に言い聞かせる。

直に会うかわりに、定休日には、気が早いと思いながらも有名なサロンを回った。回るといっても、ガラス越しに少し離《はな》れたところから内装や外観を眺《なが》めるだけだ。

偵察《ていさつ》をしていると、店から小さな男の子が母親に手を引かれて出てくる。髪を切られて、急に風通しがよくなったのか、襟足《えりあし》の部分を頻《しき》りに触《さわ》っている。そんな子供を、母親は微笑《ほほえ》みながら見ていた。

仲睦まじい親子を目にして、自分の家族のことを思い出す。急に母親の顔が見たくなった。それから、半分血の繋《つな》がった兄弟の顔も。思いついたら居ても立っても居られなかった。

また顔を合わせて怯《おび》えられたら傷つくから、遠くから眺めるだけだ。ちらりとでもいいから顔が見られたら、家から漏《も》れる笑い声を聞いたらすぐに帰るつもりで、電車に揺《ゆ》られる。

直に知られたら呆《あき》れられると思いながらも、家族への情を捨てきれなかった。殺されそうになったのに、まだ会いたいなんて自分でも呆れる。

それでも駅を降りて慣れた道を歩いていると、懐《なつ》かしさが込み上げる。

この道を歩くのは数年ぶりだ。以前寿司屋《すしや》だった店がいつの間にか潰《つぶ》されて貸し駐車場《ちゅうしゃ》にな
っていたり、小学生の頃に立ち寄った書店が今では弁当屋になっている。

そんな小さな変化に驚きながら、家に向かう。けれど足取りは次第《しだい》に重くなっていった。

ゆっくりと慎重《しんちょう》に近づく。向こうに気付かれたくはなかったから、周囲に気を配った。

家が目にはいると、不審《ふしん》者に見えないように繋がっていない携帯《けいたい》電話を耳に当てる。

これで近所の住民に目撃《もくげき》されても、それほど訝《いぶか》しくは思われないだろう。この辺りは新興住宅が多く、入り組んでいる。携帯を片手にきょろきょろしていれば、多少不審でも迷子なのだと都合良く誤解してくれるだろう。

平日の昼間だが家の中には気配があった。微《かす》かに子供の声もする。

眺めていると、急にカーテンが開く。子供が窓の外にある犬小屋を指さした。その子が俺の弟か妹なのかと目を凝らしていると、子供の背後から見たことのない女が姿を現す。

にこやかに子供と話している彼女を見て、言いようのない不安を感じた。

先程《さきほど》までの慎重な足取りを忘れて、急いで家に近づく。家には表札がついていた。そこには清水ではなく、別の名字が書かれている。不安がぶわっと膨《ふく》らんで、疑いが確信に変わった。

思わずインターフォンを押すと「はーい」と明るい声がして、中から先程の女が出て来る。

「どちらさまですか？」

俺の顔を見て、彼女は小さく首を傾《かし》げた。

「あの、……ここは、清水さんのお宅では？」

そう尋《たず》ねると、女は「いいえ」と首を振《ふ》る。

「失礼ですが、いつ頃《ごろ》から住んでいらっしゃいますか？」

女は俺の質問に不審《ふしん》を抱《いだ》いたのか、「一年ぐらい前からですけど。でも私達の前に住んでいた方も清水さんではありませんでしたよ」と答える。

「そうですか、すみません。家を間違《まちが》えたのかも知れません」

呆然としたまま、機械的に口を動かした。吐き出した息が、わずかに震える。

「ああ、その可能性が高いですね。この辺りは区画整理がされたので……。私はあまり詳《くわ》しくないですけど、そこの先にあるコンビニの方がこの辺りの事情に詳しいですよ。住宅地図も持ってるみたいなので、一度聞かれてみたらどうですか？」

親切に教えられ、頭を下げて家を離れる。彼女が玄関《げんかん》のドアを閉じるのを見送ってから、再度自分の家だったものを眺めた。いくらこの辺りが区画整理されようと、自分が十何年も暮らした家を間違えるわけがない。

一体いつ引っ越《こ》したのか。少なくとも一年以上前だ。一つ前に住んでいた人間が違う名字なら、もっと昔の可能性が高い。前のアパートにたまに来るのは借金の取り立て屋だけだった。引っ越し先の住所を母親に手紙で送っていたから、そこから漏れたのだろう。あんな連中を寄《よ》越《こ》すぐらいなら、手紙の一つでも返して欲しかった。

「まいったな、本当に俺はいらねーのか」

割り切っていたはずなのに、再び現実を目の前に突《つ》きつけられて悲しくなる。馬鹿《ばか》みたいだと思いながら、のろのろと家から離れる。駅まで辿りつき、直の家に行くホームに向かう。相変わらず意志が弱いな、と自嘲《じちょう》しながらも堪《たま》らなかった。こんな日に、一人でいたらどこまでも沈《しず》み込んで仕舞《しま》いそうで、無性《むしょう》に直の顔が見たかった。

つい三ヶ月近く前まで利用していた駅で降りた。駅前の商店街を足早に抜《ぬ》けて、アパートまで早足に歩く。ドアの前で呼び鈴《りん》を押すが、直は出て来ない。

仕事かも知れないと気付き、まだ返していない合い鍵《かぎ》でドアを開ける。

部屋は空っぽだった。カーテンもなく、窓からは西日が差し込んでいる。空き家になった部屋の中には、見慣れた家具は一つもない。恐《おそ》らく直が引っ越して来る前からある冷蔵庫と、ガスコンロだけが残されていた。

直の痕跡《こんせき》を探すように、部屋に上がる。

靴《くつ》を脱《ぬ》いで、畳《たたみ》の上を歩き、直が寝室《しんしつ》に使っていた部屋を開けた。当然そこも空っぽだった。家具を置いていたせいで、畳の一部が凹《へこ》んでいる。しゃがみ込んでそこを撫《な》でてみた。指先にざらざらと畳の感触《かんしょく》が伝わる。毛羽だった畳が窓から差し込む光に照らされていた。

「嘘だろ、直……」

頭の隅《すみ》で、焦《あせ》るな、と声がする。直はただ引っ越しただけだ。忙《いそが》しくて連絡《れんらく》ができないだけで、しばらくすればメールか電話で新しい引っ越し先を教えてくれるはずだ。だから焦るな。あいつは昔から、自分のことは滅多《めった》に話さないじゃないか。

言い聞かせるように心の内で繰《く》り返して、携帯電話を取り出す。コールしても出なかった。

きっと仕事中だと分かっているのに不安になる。自分は随分《ずいぶん》直に依存《いそん》している、と自覚した。

「そうだ、昔から……側にいたくて、堪らなかったのは俺の方だった」

人付き合いが下手だと直をからかいながら、そうであることにほっとしていた。

嘘まで吐《つ》いて居候《いそうろう》して、その気もない直に跨《また》った。嫉妬《しっと》に狂《くる》って、与島の気持ちを直に伝えなかった。失って当然なのかも知れないと、一人きりの部屋で考える。いつでも俺は自分のことしか考えて来なかった。直の幸せを願いながらそれを壊《こわ》しているのは他《ほか》でもない、俺自身だ。

黄ばんだ天井《てんじょう》のクロスを見ながら、良い機会じゃないかと嘯《うそぶ》く。

「直は俺なんかに摑《つか》まっちゃ駄目《だめ》なんだよ」

そう呟《つぶや》いて誰《だれ》もいない部屋を出る。鍵はポストに入れた。そのままカンカン、と音を立てて外階段を下りて直のアパートを離れる。目的もなく駅まで戻って再び電車に乗った。

気付いたときは、学生時代によく訪《おとず》れていた店にいた。

強い酒を頼《たの》んで、フロアに出る。はしゃぐ連中を見て、目を瞑《つぶ》って軽く体を揺らしたが乗り切れない。飛びたい、酔《よ》いたい、そんな風に思いながらも体は重いままだ。

音楽も、少しも良いと思えない。急に店中の物が陳腐《ちんぷ》で安っぽく見えた。こんなもので騒《さわ》いでる連中を低俗《ていぞく》に感じる。店の客も、従業員もほとんどが十代か二十代の前半で、店内は喧《やかま》しい音楽と話し声に満ちていた。彼らと同じ年齢《ねんれい》のときは楽しめたはずなのに、今ではこの場所から早く外に出たいと思っていた。だけど出たとしても、どこにも行く当てなんかない。虚《むな》しく部屋に帰り、一人きりでひたすら直のことばかり考える自分を想像したら、ぞっとした。

甲高《かんだか》い声をあげる女の隙間《すきま》からカウンターで酒を注文する。水のように何杯《なんばい》も飲み干した。

そのせいですぐに酔いが回る。ジンと隣《となり》の客が食べていたピザの匂《にお》いで気分が悪くなり、下手なDJのせいで胃の中のアルコールが波立つ。さっさと排泄《はいせつ》するに限ると、向かったトイレの前には見張りが立っていた。この状況《じょうきょう》は十代の頃《ころ》みたいで馬鹿馬鹿《ばかばか》しくも懐かしい。

「退《ど》いてくれよ」

入り口に立っている男に声を掛《か》けた。そいつの体越《ご》しに、壁《かべ》が赤く塗《ぬ》られたトイレの中で一人の男が数人の男達に殴《なぐ》られているのが見えた。

赤い壁の部屋の住人は凶暴性《きょうぼう》が増す、という心理実験が昔あったはずだ。人間の心は意外と単純に出来ている。トイレの壁を青かピンクに塗り変えればこういう事態は軽減されるんじゃないかと暢気《のんき》に考えた。

だとしたら今の俺の気分も、部屋の壁紙を貼り直せば解消されるのか。

「隣にいけよ」

男の言うとおりに隣に目を向ける。女用のトイレにだけ入り口にドアがあった。もしかしたら最初は男性用にもあり、それが壊されてしまったのかもしれない。

もう一度トイレを見る。殴られた男は力無くタイルの上にへたり込んでいた。

男にも何か非があったのかもしれない。だけど俺は正義のヒーローじゃないから、そのあたりはどうでも良かった。

「面倒《めんどう》なのは好きじゃねーけど、一方的な暴力を見るのはもっと嫌《いや》なんだ」

もっとも俺が関《かか》わると、それはそれでまた一方的になるんだけど。

「はぁ？　お前何言ってんだよ」

——それに誰かを殴る、良い口実が出来た。


「よぉ、雄太」

スコープの向こうにピースして見せると、すぐにドアが開く。真っ先に目に入ったのはヘビ柄《がら》のシャンパンゴールドのミニワンピースと、網《あみ》タイツだった。

「何やってんだ、祥央。どこの女王様に調教してもらってきたんだ？」

笑おうとした途端《とたん》、口の中が痛む。

「調教したのは俺の方だけど、思ったより体が鈍《なま》ってた」

雄太は眉《まゆ》を寄せると、部屋の中に俺を通す。通り過ぎるときに甘い匂いがした。どうやら香《こう》水《すい》を付けているらしい。化粧《けしょう》と髪《かみ》はまだ整えていないので、首を境目に上と下がひどくちぐはぐで違和感《いわかん》がある。まるで不出来なアッサンブラージュだ。

「出勤前だよな。悪いけど泊《と》めてくれよ」

そう言ってベッドに倒《たお》れ込む。殴られた腹が相当痛んだが、医者が必要かそうじゃないかは長年の経験から分かる。横になると、今まで意識していなかった背中までが痛み始めた。雄太の部屋に入ったことで、安心した途端に体中が不平不満を訴《うった》え始めたようだ。

「後輩《こうはい》君に連絡したのか？」

「直は関係ない」

派手なつけ爪《づめ》が施《ほどこ》された指が、ビールの缶《かん》を俺の顔の傍《そば》まで運んで来る。

「酒はもういい」

「違う。それで冷やせ」

素直《すなお》に従って、恐らく殴られて変色している頬《ほお》に缶を押し当てた。冷たいが、硬《かた》さが痛い。

もっとましな物が欲しいが、自分の部屋でもないのに我が儘《まま》は言えなかった。現在の俺の立ち位置は、出勤前に押し掛けてきた招かれざる客だ。大人しく良い子にしていないと、追い出される。むしゃくしゃされて灰皿を武器に攻撃《こうげき》されたら、確実に死ねる。

「暴力嫌《ぎら》いなくせに、暴力沙汰《ざた》に割り込んで、その事を後悔《こうかい》する癖《くせ》、どうにかなんねぇの？」

ベッドに腰《こし》掛けて雄太が煙草《たばこ》に火を点《つ》ける。

「別に後悔なんかしてねーよ」

「俺が連《つる》んでた連中にやられそうになった時、お前が助けてくれただろ。その時も、やりすぎたって後悔してたじゃねぇか」

高校の時の話だ。三年の冬に、雄太は飼い犬たちから手を噛《か》まれた。恐怖政治《きょうふ》だった雄太にも責任があるが、それにしたって七対一は酷《ひど》い。間に入ったのは、あまりにも一方的すぎたのと、ちょうど俺がよく使っていた非常階段の目の前でそれが行われていたからだ。

でも、俺はただ純粋にこいつを助けたかったわけじゃない。俺も吐き出す相手が欲しかった。人助けを暴れる理由にしたから、当然後味は悪い。

「毎回悔《く》やんでるくせに。自己嫌悪《けんお》で押し潰《つぶ》されそうになるぐらいなら、ガンジーでも見習っておけば？」

その提案に返答しなかったのは考えるのが面倒だったのと、痛みに耐《た》えるだけで体が疲《つか》れていたからだ。あと五分もすればきっと俺の脳はスリープモードに切り替《か》わり、雄太は呆《あき》れたように俺を一瞥《いちべつ》してから仕事に行くだろう。

少し部屋が肌寒《はだざむ》いと思いながら、五分後の為《ため》に目を閉じる。

「でも、お前は後悔しても、助けられた方はずっと感謝してるんだけどな」

ベッドから重みが消える。雄太が立ちあがったのだ。

その気配をぼやける意識の中で追いながら、明日店主と顔を合わせたときになんて言い訳すればいいのかを考えた。

五分後、予定した通りに眠《ねむ》りに落ちる。そしてその約五時間後に、俺は予定外に起こされた。

「帰りますよ、先輩《せんぱい》」

目の前にいたのは不機嫌《ふきげん》そうな顔の直だった。

「あれ……、なんで、いんの？」

直は相変わらず野良《のら》犬が馴《な》れ馴れしい人間に対して抱《いだ》くような警戒心《けいかいしん》を浮《う》かべた目で雄太を見る。昔からこの二人はあまり相性《あいしょう》が良くない。雄太はその視線にはわざと気付かない振《ふ》りで、俺の枕元《まくらもと》から温《ぬる》くなったビールの缶を取り上げた。

起きあがるときに呻《うめ》き声をあげると、直はますます憤然《ふんぜん》とした顔つきになる。だから嫌だったんだと思いながら、雄太に「どうやって直を呼んだんだよ」と訊《たず》ねる。

雄太は答えなかったが、以前仲裁《ちゅうさい》を依頼《いらい》したことがあると言っていたから、連絡《れんらく》先ぐらいは知っているのかも知れない。

「悪いけど早くしてくれねぇか？　こっちは店外デートってことで店を空けてるんだよ。いつまでも客をファミレスで待たせられねぇんだ」

雄太はそう言うと、俺達を急《せ》かす。仕方なくベッドから立ちあがる。

「泊めたくないなら追い返せばよかっただろ」

そしたら自分の部屋に帰った。別に無理強《むりじ》いするつもりはなかった。

「泊めるのは構わなかったけど、一人にしておくのが心配だったんだよ。それに……」

雄太はそう言うとちらりと直に視線を向けて「後輩君の顔も久し振りに見たかったから」と

言って、煙草を咥《くわ》えて直を斜《なな》め下から見上げる。女装はしてもゲイじゃなかった筈《はず》だが、その挑発《ちょうはつ》的に見える視線に嫌な予感がした。二人を引き離《はな》すために、直を急かして玄関《げんかん》に向かう。

外に出ると雨が降っていた。梅雨《つゆ》時だから仕方ないとはいえ、最近は雨ばかり降っている。

「もう若くないんだからあまり無茶《むちゃ》するなよ」

そう言って俺達と一緒《いっしょ》に部屋を出た雄太は、傘《かさ》を広げるとさっさと駅の方に向かっていく。後半とはいえまだ二十代だ。それほど筋肉を錆《さ》び付かせたつもりはなかったが、確かに十代と喧嘩《けんか》するほど細胞《さいぼう》各位は若くない。

「傘浦《かさうら》先輩、ありがとうございました」

直がそう言って頭を下げると、雄太は驚《おどろ》いた顔をしてからふっと口元に笑《え》みを浮かべた。

「じゃあ、帰りますよ。先輩」

直が俺の腕《うで》を引く。

「おい、どこに行くんだよ」

待たせていたタクシーに乗り込んだ後で、直が口にしたのは見知らぬ住所だった。

そこがどこなのか質問する前に頬に痣《あざ》を作った経緯《けいい》を聞かれて、俺は仕方なく答える。

殴られていた男はフロアにいた女と共に、逃《に》げるように店を出ていった。殴っていた連中はみんなトイレの床《ゆか》に伸びる羽目になったが、今頃《いまごろ》は自力で家に帰れるぐらいには回復しているだろう。後に残る傷はつけていないし、骨も折っていない。力加減にはぬかりないはずだ。いくら酔《よ》っていても、この歳《とし》で警察の世話にはなりたくない。

「先輩は少し目を離すと、すぐそれですね」

呆れた素振《そぶ》りで直が口にする。まるで保護者気取りだなと思いながらも、西日の中で感じた絶望が薄《うす》らいでいくのが分かった。誰《だれ》かに構われたくて自傷を繰《く》り返す子供みたいだと、自嘲《じちょう》しながらもこいつの顔が見られてほっとしてる。

「反省してるよ。利《き》き手を怪我《けが》したら仕事に支障が出るしな」

「そういう問題じゃないです」

しばらくしてタクシーが停まる。そこは見知らぬ真新しいマンションの前だった。

派手な装飾《そうしょく》が施されたエントランスを見て、一体どこの成金の住み処《か》だと思っていると、腕を引かれてエレベーターに乗せられる。

「おい」

高層階で降りた直は驚く俺を連れて、廊下《ろうか》の奥にあるドアを開けた。部屋の中は想像以上に広い。

「ここ、どこなんだよ」

「俺の家です。先日、モデルルームとして公開していた部屋を買い取りました」

半ば答えは予想していたが、まさか買い取ったとは思わなかった。直が新しい鍵《かぎ》を玄関の横にある棚《たな》に無造作に置く。鍵は変わっても、そこに付けられているキーホルダーは変わらない。

塗装《とそう》が剝《は》げて、随分《ずいぶん》見窄《みすぼ》らしくなって仕舞《しま》ったキャラクターが付いている。

「なんで?」

直は「ぼろい部屋は嫌《いや》だと言っていたので」と平然と口にする。

部屋はいかにも高そうだった。リビングにはソファやガラステーブルが置かれている。この一室だけでも相当大きい。最近は弁護士でも最初のうちはそれほど給料は高くないと聞いたが、この間取りは俺の手取りの五倍以上の収入がないときついだろう。一体いくらしたのかは知りたくなかった。調度品は高級マンションのモデルルームだけあって、全《すべ》て値が張りそうだ。

「ローンがあるんじゃなかったのかよ。それなのに、俺が、嫌だって言ったから引っ越《こ》したっていうのかよ」

「話は後でしましょう。とりあえず、風呂《ふろ》にでも入ってきたらどうですか?」

そういうと直は俺を風呂に放り込んだ。電気の点いた室内で見ると、服はかなり汚《よご》れていた。痛む体が動くことを拒否《きょひ》していたが、それに耐えて着ている物を脱ぐ。つい最近まで直が住んでいたところとは比べ物にならないほど、整った水回りだった。

シャワーヘッドに手を掛《か》けたとき、壁《かべ》に貼《は》り付けられた鏡を見て、頰が腫《は》れ上がっているのが目に入る。

「直が怒《おこ》るわけだな」

思わずそう呟《つぶや》いてシャワーを浴びながら体を洗う。泡立《あわだ》てた石鹼《せっけん》を手で体に擦《こす》り付けて、それを流して終わりだ。いつもと同じだが、掌《てのひら》が擦《す》れるだけでも痣になったところは痛む。久し振りすぎて、殴《なぐ》られ方を忘れていた。

着替えがなかったのでタオルを巻き付けて風呂から出ると、ちょうど直が外から戻《もど》ってきた。その手には二十四時間営業しているディスカウントストアのビニール袋《ぶくろ》が握《にぎ》られている。

「座ってください」

有無《うむ》を言わせない様子で、直がリビングを指したので、ソファに腰《こし》を下ろす。体は疲れ切っていたが、直と話をしたいと思った。さっきの質問の答えもまだ聞いていない。

「寒い」

文句を言ったが、直は意に介《かい》する素振りをみせない。まだ機嫌《きげん》は直らないようだ。

ビニール袋には消毒液や湿布《しっぷ》などが入っていた。どうやらそれを買いに出掛《でか》けていたらしい。

それを見てしまうと文句を言う気も失《う》せて、黙《だま》って直に身を任せた。すると突然《とつぜん》殺人的な冷たさを腹に感じて、ぶわっと全身に鳥肌《とりはだ》が立つ。

「っ、無言で貼るなよ」

見下ろすと脇腹が白い湿布で覆《おお》われていた。直は俺の文句を余所《よそ》に平然とした顔で肩《かた》の部分にも同じ事をする。

「自分でやる」

直の手から湿布の入った箱を奪《うば》う。太腿《ふともも》が腫れていた。湿布に付いていた透明《とうめい》なフィルムを剝がして、貼り付ける。自分でしても冷たさは変わらなかったが、一応覚悟《かくご》が出来るだけましな気がした。

「体中湿布だらけで寒い」

「負けたボクサーみたいな顔になってますよ」

「負けてねーよ」

「負けてたらもっと怒ってますよ」

直は俺の前に消毒液と絆創膏《ばんそうこう》を出す。面倒《めんどう》だが、仕方なくそれで手の甲《こう》のすりむけた傷を治療《ちりょう》する。満身創痍《まんしんそうい》だな、と思っていると直は「勝つならもっと綺麗《きれい》に勝ってください」と呆《あき》れた口調で言う。

それから不意に殴られた方の頰《ほお》を撫《な》でられた。その掌の温かさに顔を上げると、不機嫌を溶《と》かして固めたような黒い目とぶつかる。

「傷つくところ見たくないって、何度言わせんだよ」

本当にそういうところ頭悪い、と直は囁《ささや》きながら俺を抱《だ》き締《し》めた。

耳朶《みみたぶ》に掠《かす》れた吐息《といき》が触《ふ》れ、先程《さきほど》とは別の意味で肌《はだ》が粟立《あわだ》つ。素肌《すはだ》に擦れる直の服の感触《かんしょく》や、その向こうにある硬《かた》い体が急にリアルに感じられて、動揺《どうよう》した。こんな風に触れられることはもうないと思っていた。

「な、直」

自分の声が微妙《びみょう》に震《ふる》える。直はじっと動かなかった。さらにたっぷり十秒以上俺を抱き締めてから「次やったら本気で怒ります」と釘《くぎ》を刺《さ》して腕を解く。

「それでどうしてそんな有り様になったんです？　何かあったんですか？」

「……ちょっと、親の家に荷物取りに行ったんだよ」

会いに行ったと言うと呆れられそうだったから、誤魔化《ごまか》した。

「大した荷物じゃないんだけど、気になって。そしたら、引っ越した後だった。で、苛ついて飲みに行って……」

わざわざトラブルに巻き込まれに、十代の頃《ころ》に出入りしていた店に向かって、望み通り殴って殴られた。賢《かしこ》い大人には、いつまでたってもなれない。もしかしたら一生無理かもしれない。

「いい歳《とし》して、未《いま》だにガキ相手にむきになったなんて笑えるだろ」

おかしいだろ。笑えよ、直。

じっと目を見つめていると、直は「寂《さび》しいんですか？」と脈絡のないことを俺に訊《き》いた。

思わず首を傾《かし》げると「寂しいから親に会いに行ったんでしょう？」と補足される。

言われてみれば、そうなのかもしれない。いや、どうなんだろう。自分の気持ちなのに、これという判断が下せない。

「また俺と一緒に暮らしませんか？」

「な、に言ってんだよ。嫌がってたの、お前だろ」

「一緒《いっしょ》に暮らしたら、確実に手を出してしまうと分かっていたので。俺だけは絶対に先輩《せんぱい》が嫌がることはしたくない。だけど、先輩は俺のことが好きだから、きっと俺が別の意味で先輩を好きだと知っても、我慢《がまん》してしまうと思って」

直はそう言うと俺の顔を覗《のぞ》き込む。唇《くちびる》が近づいてくる。無意識に肩に力が入る。僅《わず》かに体を引くと唇は直前で停まった。

「ほら、先輩は俺がしたいと思えば我慢してしまう。義理の父親に散々殴られても我慢していたように。だから、俺は先輩にだけは手を出したくなかったんです。俺だけは、先輩の安心できる逃《に》げ場でいたかった。あんたをひたすら甘やかす存在になりたかった」

そう言ってから、直は俺の唇に指先で触れる。

「それなのに興味本位で俺のことを二度も誘《さそ》うのは、酷《ひど》いと思います」

抗議《こうぎ》するくせに、口調は甘かった。そっと背中を抱《だ》かれる。

「挙げ句、女と結婚《けっこん》しろなんて最悪です。先輩は昔から繊細《せんさい》なくせに無神経なんですよ。それでも俺は、先輩の幸せの邪魔《じゃま》になりたくないから、あなたを手に入れることを諦《あきら》めた。なのに、本当に、何やってんだ。馬鹿《ばか》」

「って、痛い痛い痛い、やめろ馬鹿っ！」

いきなりぎゅうっと色気もなく万力のような力で抱き締められて、思わず目の前の男を殴る。すぐに腕《うで》は緩《ゆる》んだが、複数の人間に殴られ蹴《け》られた体から痛みは引かない。

「本気で頭が悪いのか、マゾヒストなのかどっちですか？　俺は先輩に傷なんて一つも付けたくないし、先輩が痛い思いをするのは嫌ですが、後者なら頑張《がんば》ってご要望にお応《こた》えしますよ」

「いらねーよ。お前、ひび入ってたら今ので確実にいってるよ。何してくれてんだ。骨折って、マジで面倒くせーんだぞ」

心なしか肋骨《ろっこつ》が痛む気がする。

「折れてたら、俺のも折っていいですよ」

平然と直は答える。掌をガラス片《へん》が突《つ》き抜《ぬ》けても脂汗《あぶらあせ》一つかかなかった男だ。肋《あばら》の一、二本折ったところでせいぜい呻《うめ》き声を一声上げる程度の気がする。

「何も欲しがらない先輩が、友人としてでも俺を欲しがってくれるなら、それだけでいい。それだけで俺は報《むく》われる。だからもう、無理に俺に合わせないでください。先輩が幸せになるのを見届けるまで、俺は我慢します。傷つくところを見るより、そっちの方がマシです」

珍《めずら》しく饒舌《じょうぜつ》だ。真剣《しんけん》な顔で告げられた台詞《せりふ》に、じわりと体が熱くなる。

「あんなことは、もうしません」

目を伏《ふ》せると、直が俺の唇を指で拭《ぬぐ》う。名残惜《なごりお》しげに離《はな》れた指先はそのまま握り込まれる。

離れようとソファから降りる直の左手を咄嗟《とっさ》に摑《つか》む。

その左手は、あの時俺を守ってくれた。本当はいつだって、その手に触れたいと思っていた。

「……先輩？」

「お前、与島に未練があるんじゃねーのかよ」

直の左手は放さない。縋《すが》るように、両手でぎゅっと握りしめる。

母親以外の人間に守られたのなんて、初めてだった。

「誘われて何度か寝《ね》ただけです。自分のことを先輩だと思えって言われましたけど……、先輩と与島さんは全然違《ちが》うから」

微《かす》かに直が笑う。以前見たことのある悲しげな笑い方だった。

「俺は、先輩以外の人に興味が持てないんです」

「……それ、いつから？」

心臓が壊《こわ》れそうだ。指先が震える。直の返事に耳を澄《す》ませて、じっとフローリングの木目を視《み》ながら俯《うつむ》く。黄ばんだ、直が以前住んでいた部屋の畳《たたみ》とは違う。それでも安心している自分がいる。この場所を居心地《いごこち》良く感じ始めている。

「高校の時からです。先輩が死んでも良いって顔をしながら、ときどき正義のヒーローやストーカーになってたときから」

「………いつだって涼《すず》しい顔で読書してた癖《くせ》に？　それに女みたいな顔の奴《やつ》が好きだって、言ってただろ」

「むしろ先輩の横に居るときしか読んでませんでした。本は意識を逸《そ》らすための道具に過ぎませんでしたから。それでも、読みながらむらむらしていましたけど」

「そこは、どきどきって言ってくれるか？」

むらむらよりも、どきどきが示すシニフィエのほうが、純粋《じゅんすい》な気がする。ある意味むらむらも純粋な本能の形なんだろうが、そんなことを今申告《しんこく》されても困る。

「女みたいな顔が好きだって言ったのは、そうすれば先輩が俺に怯《おび》えなくて済むと思ったからです。先輩の怯える顔はかなりそそるけど、あまりさせたくない」

そそるってなんだよ、と呆れる。

「死にたいって顔してた奴を好きになったのは、同情したからか？」

返答はどっちでもよかった。肯定《こうてい》でも、否定でも、俺はもう直の手を放す気はない。

真っ直《す》ぐに目を見つめると、直は瞬《まばた》きをしてから「違います」と口にする。

「俺は先輩の弱さじゃなくて強さに惹《ひ》かれた。先輩はいつも誰《だれ》かを守ろうとしていて、そういうところ、ずっと格好良いと思っていたから」

直はそう話した後で「でも、死んでも良いって顔は好きじゃありませんけど」と付け加えた。

「ベッドは、今日は俺のを使ってください。俺はソファで寝ますから」

直は俺の手から左手を引き抜こうとして、それが叶《かな》わないと分かると眉《まゆ》を寄せる。

俺の行動の真意を測りかねているのだ。直が少し眉を寄せただけで、俺にはその心裡《しんり》が手に取る様に分かるのに、なんで肝心《かんじん》なことには気づけなかったんだろう。

お前が俺をそんな風に想っていたなんて、想像もしなかった。

「もう怒《おこ》らねーのかよ」

「やっぱり先輩ってマ……」

「そうじゃなくて。怒らないなら、別のことしてもいいんじゃねーの？」

「……俺、先輩に無理強《むりじ》いしたくありません」

「俺が、したくて誘ってる。なんで無理強いなんて決めつけるんだよ」

「先輩は繊細で馬鹿なので、たまに先回りして人の要求を叶えようとするじゃないですか。この間風呂《ふろ》で俺のことを誘ったみたいに」

直の言葉に「お前こそ馬鹿じゃねーの」とわざと嘲《あざけ》るように笑った。

「色々なもの犠牲《ぎせい》にしてきたくせに、それでも俺が好きなんて、お前の方が絶対頭おかしいだろ。俺のために引っ越《こ》して、それで体も何も要求しないって、ありえねーよ。すげー笑える」

本当、心の底から笑い飛ばしたい。例えばこれが雄太の話なら俺は心置きなく笑う。貢《みつ》ぐだけ貢いで幸せになるのを見届けるまで都合良く側に居てやるなんて、一体どこまで無欲《むよく》なんだって。なのに今は上手《うま》くできない。掠《かす》れて震《ふる》えて、笑い声なのに泣き声みたいに聞こえた。

直はいつも肝心な事を言わない。だけど、俺も肝心な事を口にして来なかった。

「俺が、我慢して男相手に勃《た》つと思ってんのかよ。いくらお前でも、好きじゃなきゃやらねーよ。本当に、馬鹿じゃねーの。俺だって、ずっとお前のことが欲しかったのに。お前しか、見えてなかったのに、なんで気付かなかったんだろうな。こんなに側に居たのに」

手を伸《の》ばして、直の頭を抱き締《だし》める。髪《かみ》の毛が頬《ほお》に触《ふ》れて、初めて非常階段で髪を切った時の事を思い出す。文具用のハサミは使いにくかった。間違《まちが》って短く切った箇所《かしょ》を隠《かく》すために、刃先《はさき》を使って周りを整えた。直は切られながら「俺、先輩の指に触れられるのが好きです」と口にした。その言葉が無かったら、きっと俺は美容師にはならなかった。他人の魅力《みりょく》を引き出すことの楽しさも、人に喜んで貰《もら》う事へのやりがいも知らないままだっただろう。

誰かにそんな風に言われたのはあの時が初めてだったから、本当はすごく嬉《うれ》しかった。でも照れくさくて、悟《さと》られないように「気が散るから話しかけるなよ」と返した。

だけど直は、本当は俺がどんな気持ちか知っていたはずだ。そういうところは聡《さと》いのに、どうしてお互《たが》い肝心の気持ちが見えていなかったんだろう。

「先輩《せんぱい》……」

非常階段に直が訪《おとず》れることを、本当はいつも期待してた。一人きりの部屋で、気持ちを自覚する前からずっと直が来るのを待っていた。下らない会話を繰《く》り返したり、馬鹿騒《ばかさわ》ぎをしたり、だらだら部屋で過ごす時間が好きだった。側にいられたら、それだけで嬉しい。

「お前にされて、嫌《いや》な事なんて一つもない。我慢《がまん》なんて、一度もしてない」

俺の言葉に、直は「じゃあ俺も、我慢しなくていいですか？」と甘えるように、俺の頬に鼻先を擦《こす》りつけながら言った。

モデルルームは夫婦《ふうふ》向けをイメージしていたのか、ベッドはキングサイズだった。暗い室内で直と向き合い、ベッドに入る前に脱《ぬ》がしあった。

下着も奪《うば》われてシーツに押し倒《たお》され、剝《む》き出しの背中を着けると足を開かれる。

「こんな部屋、買って平気なのかよ。ローンがあるんだろ？」

「借りた金なんてとっくに返してます」

「お前、そういうのは言えよ……」

「先輩に気軽に来て貰うために買ったんですが、先輩が良いなら一緒《いっしょ》に暮らしてください」

照れ隠しのつもりで始めた会話だったが、まるでプロポーズのようなそれに逆に照れた。

高校の時の再現みたいだ。黙《だま》ったまま頷《うなず》くと、すぐにくちづけられて、強く抱き締められる。

「体、痛くならないようにしますから、前からしていいですか。気持ちよくなってる先輩の顔が見たい」

「そういうのは、言わなくていい」

寝室《しんしつ》に入る前から羞恥《しゅうち》で赤くなっていた体に直の掌《てのひら》が這《は》う。

舌を入れない、触れ合うだけのくちづけを繰り返しながら、期待に震えた。

リビングで告げられた言葉が頭の中で繰り返される。好きだと言われた。好きだと口にした。

受け止めて貰えると思わなかった気持ちが、しっかりと直に届いて俺に返ってくる。

誘《さそ》い込むように舌で直の唇《くちびる》を嘗《な》めると、性器を直の掌で包まれた。

「ん」

鼻に掛《か》かった声が出る。思わず仰け反ると、突《つ》き出すような格好になった乳首《ちくび》を直がべろりと嘗めた。ぷくりと勃ち上がったそれを押し潰《つぶ》すように舌で圧《お》され、歯で甘噛《あまが》みされると直の手の中にある自分の陰茎《いんけい》が、より熱く硬《かた》くなる。

「あ、ぁ」

逃《のが》れようとして、直の体に触れる。お互い何も着ていない肌《はだ》と肌が触れ合うと、どうしようもない羞恥を感じる。一度目や二度目よりも気持ちが繋《つな》がった今の方がずっと恥《は》ずかしい。

体に触れて戸惑《とまど》っていると、直の舌が腹から腰骨《こしぼね》の上を辿《たど》る。

「や、だ」

これからされることが分かって、体を起こす。けれど力で拒絶《きょぜつ》する前に濡《ぬ》れた舌で陰茎を撫《な》でられて、思わずぎゅうっとシーツを摑《つか》んだ。

「そんなの、しなくていい…」

わざと音を立てられて、舌を擦《こす》り付けられる。びくびくと体を震わせていると、口の中に咥《くわ》えられて、愛撫《あいぶ》された。

「は、……う」

尿道《にょうどう》に舌を入れられると、自分でも呆気《あっけ》ないほど簡単に達してしまう。じんじんと腰《こし》が痺《しび》れる感覚に、いつの間にか体中に感じていた痛みを忘れていた。

達したばかりの陰茎とひくつく穴の間を舌で苛《いじ》められ、縁《ふち》の部分を嘗められる。恥ずかしくて咄嗟《とっさ》に、直の頭を押しやろうとすると、手首を摑まれて腱《けん》の上にくちづけられた。

宥《なだ》めるような仕草の後で、穴の中に指が入ってくる。

「ぁ……」

中をぐるりと指で弄《いじ》られて、気持ちの良い場所を探《さぐ》られた。何度も出入りする指と共に、達したばかりの陰茎を咥えられて、思わず身を捩《よじ》る。濡れた舌が粘膜《ねんまく》にふれると、どうしようもない恥ずかしさを感じて、思わず直の髪を摑んで引っ張る。

「直、嫌だ……、嫌」

本気で嫌だと言えばいつもは止《や》めてくれるのに、舌は小さな穴をこじ開けるように動く。

「なお」

情けない声で再度呼ぶと、音を立てて唇が離《はな》れる。萎《な》えずに再び反り返るそれが、いやらしく唾液《だえき》に濡れながら、体の深い場所に与《あた》えられる刺激《しげき》に歓喜《かんき》して震えた。無骨な指に弄られて、体の内側がざわめいているのが分かる。ずるっと、指が抜《ぬ》かれそうになる度《たび》に切なくなって、熱の籠《こ》もった吐息《といき》が漏《も》れた。直は宥めるように足の内側の皮膚《ひふ》を撫でる。

「えろ、い」

優《やさ》しい指先にまで官能を感じながら詰《なじ》ると、直は俺の肌にくちづけをしながら「ずっとこういうことがしたかった」と口にした。

「先輩の隣《となり》で眠《ねむ》る夜は、……いつも考えてた。先輩は何も考えずに寝《ね》てたけど、俺は頭がおかしくなりそうでした。高校の頃《ころ》からずっと、先輩の体にやらしいことをする想像ばかりしてた」

直はそう言うと、穴を指で広げた。きゅう、と反撥《はんぱつ》するように体の奥を締めてしまう。それでも隙間《すきま》は埋《う》まらずに、宛《あて》がわれた直の性器が徐々《じょじょ》に入りこんでくる。

「は……っ、ぁ」

亀頭《きとう》の先が、中の肉を押し広げていく。犯される感覚に肌が粟立《あわだ》つ。

苦しいと喘《あえ》ぎながら見上げた視界に、直の顔が映る。

甘く切ない色を浮《う》かべる顔を見て、少し体を離した年下の男を抱き寄せる。

「体重、かけていいから……、離れるなよ」

殴《なぐ》られ蹴《け》られた場所が痛んでも、肌をくっつけていたい。直の重みを感じながら繋がりたくて、背中に腕《うで》を回す。盛り上がった肩胛骨《けんこうこつ》、背骨の感触《かんしょく》が掌に伝わってくる。

動きにくいだろうとは思ったが、離れるのが嫌で腕は緩《ゆる》めなかった。

直の吐息が耳に掛かる。その息には欲望《よくぼう》が溶《と》けていて、肌に触れた場所から染《し》みこんで俺に伝わってくる。やらしい俺の欲望も、繋がった場所から直に粘膜を通してうつる気がした。

奥まで広げられて、思わず目の前にあった頭に自分の頭をすり寄せる。背中に指を立てながら、切なくて目の前にある首筋に歯を立てた。

「う、……ぁ、あ」

根本の方まで咥えこまされる。歯を立てた首筋に半ば無意識に吸い付いた。

「っ」

直が息を詰《つ》まらせる。唇を離すと、吸い付いた所には鬱血《うっけつ》の痕《あと》ができた。

こんな、誰《だれ》からも見える場所に付けるなんて非常識だと思ったが、直の肌に自分の痕が残るのが嬉《うれ》しくて、赤くなった所を舌で嘗め上げると、中に入った物が更に大きくなった気がした。

「直……」

「好きです」

「……ん」

「そうやって、いつも俺の名前だけ呼んでいてください」

頷こうとして「あ」と声が漏れる。直がゆっくりと俺の中でそれを動かしたせいだ。女みたいに扱《あつか》って欲しいわけじゃない。女になりたいわけでもない。なのに漏れる声はやけに高い。

「好きです。愛《いと》しくて堪《たま》らない」

「あっ、……ぁあ、直」

抜かれそうになる度に快感に震《ふる》えた。粘《ねば》つく先走りが、零《こぼ》れて直の腹を汚《よご》す。

抱《だ》き締《し》められたまま小刻みに揺《ゆ》さぶられて、またいきそうになる。気持ちいい場所に、直のがちょうどぶつかる。

「ん、ぁ、いく、いく」

直の体を力一杯《ちからいっぱい》抱き締めて、溜《た》まっていたものを吐《は》き出す。

腹の上が温かく濡れたと気付いた瞬間《しゅんかん》、直が俺の中で射精する。注ぎ込まれるのは初めてだ。不思議な満足感に体がふわふわする。性器を抜き取られる途中《とちゅう》で、もう一度奥まで突かれ、内側で吐き出された精液がぐぷ、と音を立てた。

体中快感で痺れて、知らぬ間に直の体に絡《から》めていた足がぱたりとシーツの上に落ちる。

「先輩《せんぱい》」

どさりと力を抜いて横に寝そべった直が、手を伸《の》ばして俺を抱き寄せる。足の間に、直の膝《ひざ》が入って、横向きに抱き寄せられたまま先程まで直を受け入れていた穴を指で弄られた。

「いっ、あ、何……っ」

「俺の、中に入れて置くわけにはいきませんから」

無遠慮《ぶえんりょ》に入りこんだ指が、ぐちゅぐちゅと音を立てて精液を掻《か》き出す。ぬるりとしたそれが尻《しり》の起伏《きふく》に沿って、落ちる。

「ふ、う……ぅ」

後処理の仕方が卑猥《ひわい》なせいで、二度も精液を吐き出した陰茎が再び硬くなった。半ば無意識に直の体にそれを擦《こす》りつけてしまう。亀頭の先が直の肌に擦《す》れて、気持ちが良い。指じゃないものを欲しがるように腰が揺れると、直が「明日も仕事じゃないんですか」と口にする。

「そう、だけど」

直の指が俺の勃起《ぼっき》した性器に絡む。だけど俺だけいくのは嫌《いや》で、その手を振《ふ》り払《はら》って直の物に手を伸ばす。

「お前も、硬《かた》くなってる」

掌《てのひら》で軽く扱《しご》くと、どんどん熱くなる。

硬く反り返るそれが先程まで俺の中に入っていたなんて信じられない。

「先輩」

少し苦しげな様子で直が俺を呼ぶ。

「ん、っあっ」

夢中で手淫《しゅいん》をしていると、ぐいっと指が増やされる。同時に耳に噛《か》みつかれた。口の中で耳《みみ》朶《たぶ》が嬲《なぶ》られ、そのまま耳の中に舌を入れられる。

卑猥な水音がそのまま脳に届いて、堪らなくなる。

「直、もう一回」

そう言って、胸に手を突《つ》いて直に跨《また》がった。

「体が辛くなりますよ」

するりと直が脇腹《わきばら》から胸の辺りまでを撫でる。どこの誰と覚えてきたんだ、と煽《あお》るような触り方に悔《くや》しくなった。直に、誰とするよりも良いと思って欲しい。そんな下らない欲《よく》が芽生えて、直のそれに手を添《そ》えながらゆっくりと腰を落とす。

「我慢《がまん》しないんじゃ、なかった、んですか？」

茶化《ちゃか》すように、口調を真似《まね》た。直は僅かに目を細めて、親指で俺の胸の先端《せんたん》を潰《つぶ》す。

「……っ」

痛いぐらいに強く胸の先が嬲られて、そこがじんと疼《うず》き始める。もう一度、直の形に穴が開かれていく。亀頭の先が良い場所を掠《かす》め、反射的に腰《こし》を引いてしまう。すると、ずるりと中で擦れる。痙攣《けいれん》するように腹が波打つ。

跨ったまま、震えていると直が俺の腰を摑《つか》んだ。中途半端《ちゅうとはんぱ》に咥《くわ》えたままのそれがずぶずぶと埋められていく。

「あ、っ……は、くるし……っ」

直の剛直《ごうちょく》が楔《くさび》のように体の奥に穿《うが》たれて、指先が細かく震えた。

「零れてますよ」

そう言われて視線を落とせば、自分の陰茎《いんけい》の先から滴ったものが、直の腹を汚していた。

「っん」

腰をがっちりと直に摑まれたまま、一番深い所まで届いたそれが馴染《なじ》むのを待つ。

薄暗《うすぐら》い室内で直の視線が俺の体に這《は》う。目が合うと異様な恥《は》ずかしさを覚えた。曲がりなりにも年上で、直を童貞《どうてい》だと馬鹿《ばか》にしていたのに先程から責められてばかりだ。

「直、手、離せよ」

そう口にすると、直の手は大人しく離れる。直の右手に自分の左手を、左手に右手を繋《つな》いで指を絡める。そうやって両手を閉じこめたまま、回すように腰を動かした。蛇《へび》のようなねっとりとした動きで、腰を揺さぶっていると直の眉間《みけん》に皺《しわ》が生まれる。

その快感を堪《こら》える表情を見て嬉しくなった。瞬間に、体の奥が勝手にぎゅうと締まる。そのまま尻を弾《はず》ませるように腰を動かしていると、先程注ぎ込まれたものが奥から垂れてくる。

「あ、う、……」

腰を上下に動かすと、その分音が大きくなった。不意に、直に下から突き上げられて、思わず手を繋いだまま体を撓《しな》らせる。

「はっ、駄目《だめ》、直……っ、俺が」

「俺が……？」

「俺が、良くするから、動くな、よ。お前が動くと、すぐに……いっちゃうから、嫌だ。俺が、動く。やっ、ぁ」

激しく揺さぶられ、自分で動くよりもずっと的確に良いところばかりを責められる。逃《に》げようとすると指を絡めたままの手を引かれた。直の手を閉じこめたつもりで、繋がれていたのは俺の方なのかも知れない。

直は「先輩は、やっぱり頭良いけど馬鹿ですよね」と言って指を解くと繋がっている場所に指で触《ふ》れた。

部屋は寒かった筈《はず》なのに、いつの間にか肌《はだ》が汗《あせ》ばむ。うまく体を支えることができずにシーツに手をつくと、強引《ごういん》に首を引き寄せられてくちづけられた。

「んっ、あっ」

繋がったままひっくり返されて、直の陰茎を咥え込んだ場所が音を立てる。

「や、俺が……」

「先輩がやらしいことを言うから悪い」

「言って、な……ぁ、あっ」

奥を穿つように荒《あら》っぽく責められる。先程、自分でしたときはみつけられなかった快感を、執拗《しつよう》に与《あた》えられて呆気《あっけ》なく達する。我慢できずに吐き出したそれが胸元《むなもと》まで届く。直は気付いたはずだが、揺さぶるのを止《や》めなかった。

「っ、なおっ」

震える陰茎に直の指が巻き付く。それだけで先から残滓が力無く吐き出される。直はそれを見て、余計に強くその場所を扱いた。

「あ、駄目、だっ、んっ」

くたっと力が抜《ぬ》けた体の奥に、直の物が吐き出される。

自分の中で好きな相手が逐情《ちくじょう》する。その幸福感に目を閉じていると、再び揺さぶられた。

「うっ、も、嫌だっ」

首を振ると「先輩」と甘えた声がする。そんな声で呼ばれたら、拒絶《きょぜつ》できなくなる。

「我慢しなくていいんでしょう？　俺は、昔から先輩に関してだけは強欲《ごうよく》なんです」

からかうような声音《こわね》に、確かに情欲を滲《にじ》ませて直が言う。

「……直が、名前で、呼ぶなら良い。敬語、つかわないなら、いー……よ」

そう言うと、直は少し躊躇《ためら》ってから「祥央」と俺を呼ぶ。直から下の名前で呼ばれるのは慣れていない筈なのに、何故《なぜ》か懐《なつ》かしさを感じた。

抱《だ》き締《し》められたまま名前を呼ばれただけで、体が反応する。

「祥央」

もっと呼んで欲しくて、わざと返事をしなかった。

望み通り繰《く》り返される自分の名前を聞く度《たび》に、心が苦しいぐらいに満たされていく。

「……もう絶対に、誰《だれ》にも傷つけさせない。ようやくあなたを手に入れた」

「俺なんかに、摑まっちゃっていいのかよ……」

「違《ちが》う。祥央が俺を摑まえたんじゃなくて、俺が祥央を摑まえたんだ」

入りこんだままのものが、再び頭を擡《もた》げる。

「幸せにする。祥央はただ、俺の名前を呼ぶだけで良い。直って、いつもみたいに呼べば、俺は犬みたいに走って駆けつける」

ゆっくりと背中を撫《な》でられる。傷の上を這う掌が下がって、柔《やわ》らかく尻を揉《も》み込んだ。こんなときばかり、直の左手はやたらと器用に動く。繋がった場所を指先でなぞられ、ぬるぬると直の精液を擦《なす》り付けるように敏感《びんかん》な場所を弄られて、また体の中で熱が淀《よど》む。やらしく繋がりながら真面目《まじめ》な話をしているなんて、おかしい。笑い声をあげたが、嬌声《きょうせい》が混じる。体はぐったりと疲《つか》れているのに、咥えている場所はぎゅうぎゅうと直を締め付けた。離《はな》れたくなかった。

「じゃあ、お前は俺が幸せにしてやるよ」

一つ年下の男を抱き締めて口にした。直に話したいことがたくさんある。聞きたいこともたくさんある。だけど今は、何も言わずに触れ合っていたかった。

頬《ほお》に直の手が伸《の》びる。唇《くちびる》を撫でる親指に歯を立ててくちづけを求めると、直は柔らかく笑って「もうなってます」と言ってから俺の望みを叶《かな》えてくれた。

どうやら完全に敬語を無くすにはまだまだ時間がかかりそうだと、ぐっと再び深い場所まで貫《つらぬ》かれながら、直の頭を抱き寄せて思った。

『直、寝《ね》ちゃったのかよ』

卒業式が終わり、露出狂の直を俺の部屋に連れ込んでカサウラに借りたドラマを見た。

俺は結構はまってしまったが、直は途中《とちゅう》から退屈《たいくつ》そうにしていた。収録されていたチャプターが終わり、ディスクが吐《は》き出されたときに、ベッドに背中を預けたまま直が眠《ねむ》っていることに気付く。どうやら呪《のろ》いは俺にだけ効力を発揮したらしい。

『あー……もう朝か』

ベランダに面した窓の向こうは、ゆっくりと夜が薄《うす》くなっていた。

映画館のように暗くして観《み》るのが好きだったから、電気は点《つ》けていない。だから朝が近づいていることにも、すぐ気付いた。

ふと、床《ゆか》の上に転がっている直のキーホルダーが目に入る。今まで観ていたドラマは登場人物の名前がその人生を暗示していた。このキャラの未来も、名前が暗示しているのかもしれない。そのうち彼にも奇跡《きせき》が起こり、一人きりの星から救出されるのだろうか。もしかしたら作者が続きを書いていないだけで、もうすでに起こっているのかも知れない。

『まぁ、ただのアニメの話なんだけど』

そう呟《つぶや》いて視線を逸《そ》らす。なんとなく次のディスクを入れる気も起きなくて、カーテンの隙《すき》間《ま》から入った光が直の顔を照らすのを見ていた。

いつかこいつに愛される女が現れるだろうと、諦《あきら》めに似た気分で考える。

せめて、その女は誰もが認めるような〝いい女〟であって欲しい。

『直……』

小さく名前を呼んだ。うっすら開いた唇に、触れてみたいと思った。

きっと触れるだけじゃ起きない。そう思うのに動けなかった。じっと、直の頬に落ちていた太陽の光が徐々《じょじょ》に移動するのを見つめる。唇を触れ合わせるだけだ。これぐらいはきっと罪じゃない。女とはそれ以上の事をたくさんしてきたのに、直とのそれは殊更《ことさら》特別に思えた。

『ん……』

小さく直が身じろぎをする。俺は自分の欲望《よくぼう》を叶えることを諦めて、直から少し離れた。

自分のガキみたいな行動がおかしかった。いつかこれが思い出に変わって、今感じていることが嘘《うそ》になって、青臭《あおくさ》いと馬鹿《ばか》にする日が来るんだろうか。それとも、その時は懐かしさしか感じないんだろうか。

どちらでも良い。未来の自分に馬鹿にされてもいい。ただ忘れないでいたいと思った。

こうして、触れることも出来ない程《ほど》にこいつに恋《こい》していたことを、俺は死ぬまで鮮明《せんめい》に覚えていたい。

あとがき

こんにちは、成宮ゆりです。

今回は「理想の男の作り方」を手にとって頂けて、とても嬉《うれ》しいです。

イラストを担当して下さった桜井りょう先生、この度《たび》は大変ご多忙《たぼう》のなか快く引き受けて頂き、誠《まこと》にありがとうございました。現在の格好良い二人と、過去の可愛《かわい》い二人が拝見出来て幸せです。思わず一枚一枚に見入ってしまい、読み終わるのに時間がかかってしまいそうです。どの絵もとても素敵《すてき》ですが、個人的には直を抱《だ》き締《し》める祥央のイラストが一番好きです。

そして担当様、本作にも有用なアドバイスをどうもありがとうございました。

最後になりましたが、ここまで読んで下さった皆様《みなさま》、今回は過去と現在を行ったり来たりのややこしい話で申し訳ありません。高校時代を始点とした祥央と直の十年を巡《めぐ》る恋愛《れんあい》を、少しでも気に入って頂けたら嬉しいです。

いつも心の籠《こ》もったお手紙をありがとうございます。心の救命胴衣《きゅうめいどうい》です。

それではまた皆様とお会い出来ることを祈《いの》って。

平成二十三年二月

成宮ゆり

KADOKAWA RUBY BUNKO

理想《りそう》の男《おとこ》の作《つく》り方《かた》

成宮《なりみや》ゆり

角川ルビー文庫 R110-18 16767

平成23年4月1日 初版発行

発行者——井上伸一郎
発行所——株式会社角川書店
東京都千代田区富士見2-13-3
電話/編集(03)3238-8697
〒102-8078
発売元——株式会社角川グループパブリッシング
東京都千代田区富士見2-13-3
電話/営業(03)3238-8521
〒102-8177
http://www.kadokawa.co.jp
印刷所——暁印刷 製本所——BBC
装幀者——鈴木洋介

ISBN978-4-04-452018-2 C0193 定価はカバーに明記してあります。